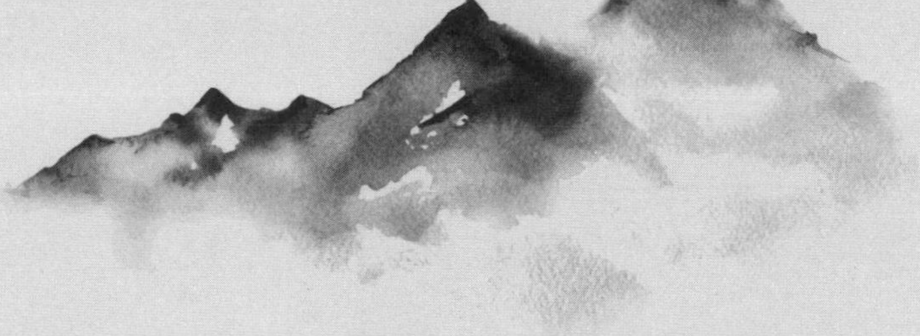

# 八卦山麓有人家

蕭蕭鄉文化散文

蕭蕭 著

# 目錄

# 目錄

〔推薦序〕

# 情繫八卦山

閩南師範大學創意寫作中心主任　羅文玲

八卦山的高度，有仙有佛高高在上，供人膜拜；
　有碧山巖、虎山巖、清水巖，長期撫慰常民心靈。
八卦山的高度，可以築造天空步道，既能俯視林木、松鼠，
　更可仰觀南路鷹飛翔，知道北地、南風的消息；
八卦山的高度可以藏伏長達五公里、僅次於雪山隧道的八卦山隧道，
　　快速連山通海；
八卦山的高度，容許高鐵與山脈平行，
　十分鐘抵臨臺中，五十分鐘到達高雄。
有風無飑，有水無災。八卦山的高度，正是彰化常民生活的高度，

那高度遠遠高過小道的八卦緋聞。

——蕭蕭〈八卦，常民的高度〉

有整整二十年，七千多個日子，我在距離八卦山不遠的彰化明道大學擔任教職，這段歲月我與八卦山結下深厚的情緣，教書、推動茶文化教育，曾經隨蕭蕭老師帶著幾位外籍學生到八卦山星月天空放天燈，我們合力在天燈上書寫大大的「情繫八卦山」，隨著天燈緩緩升起，照亮了八卦山與跨越海洋的情緣；也曾經一起在社頭朝興國小辦理彰化詩人翁鬧的文學研習營，帶著一群熱愛文學的孩子認識彰化的文學家。習佛的我也曾隨蕭蕭在八卦山麓最南端的二水基督教堂爲詩人王白淵舉辦學術研討會，更多次在八卦山腰的文學步道爲來自各地的中學生走讀彰化賴和的文學。

八卦山，不高，卻有聞名的八卦山大佛，綿延在彰化與南投之間的八卦山脈，孕育著最柔軟的絲襪與最堅硬的芭樂，以及有奶香味的名間金萱與翠玉。我何其有幸，曾與八卦山結下深厚文學情緣！

## 以書傳心：窮人翻轉的唯一憑藉

蕭蕭幼年時家境清貧，通過不斷讀書與筆耕不輟，成爲臺灣知名的教育家及詩人文學家，成長於自然田間的樂觀不服輸的心，活出了新天地。常常聽蕭蕭老師說，貧窮家庭要翻身，讀書是最好的方式，秉持一種「十萬樹人」的想法，回饋鄉里照顧偏鄉的學子，他在臺灣師大研究所畢業之後，就發願將存下的第一筆十萬元，要捐贈給故鄉彰化社頭的小學蓋遊樂設施，讓鄉下的孩子有一些遊樂器材一如都市裡的小孩，這樣的願望，在他教書之後幾年就實現了。當他聽到外籍配偶是彰化鄉村普遍的現象，於是動念用閱讀帶動外籍配偶以及偏鄉學童的積極做法，將數千多册童書、文學書、烹飪料理的書，捐贈給故鄉彰化社頭朝興國小，成立「蕭蕭工作室」，購買靠枕、抱枕讓孩子舒適閱讀，大公無私地與社區的民衆分享，他心心念念就是希望藉由閱讀資源的開啟，搭起偏鄉孩子與外配母親成長的階梯，通過閱讀看世界。智慧長者風範與仁者胸懷，讓朝興國小成爲彰化縣落實閱讀的典範學校。

回彰化執教十八年，推動了連續十三年不中斷的「濁水溪詩歌節」，爲彰化前輩詩人翁鬧、錦連、賴和、王白淵舉辦學術研討會並出版專書，更爲明道大學建立追風詩牆、鳳凰詩園、詩學研究中心，設計雲水間，募款建造人文學院專屬人文講堂、雲天平臺，二〇二四年更在故鄉社頭圖書館設置「蕭蕭書房」，永遠想著爲文學教育盡力，永遠盼望著八卦山麓故鄉的子弟心胸像雲天一樣朗朗開闊。

## 凝神專注的生命溫熱

「天空中沒有兩片完全相同的雲」，如果每個人都以執著於差異的心來衡量周遭的環境，會覺得世界中處處皆不如意。蕭蕭對於學生，都一視同仁，平等待之，他曾帶著喜歡創作的學生組成「兩個地球寫作社」，利用晚上爲學生義務講課，帶領他們讀書增強寫作技巧。疼惜弱勢的學生，只要知道哪位學生需要幫助，主動提供學生助學金，讓他們在服務學習中，找到自信。

猶如茶人行茶時，小小的茶杯中，片片茶葉在水中上下浮沉，滾燙的熱水讓茶葉伸展，飄出清香，茗香、眞情、展露無遺的本性，順其自然、融於自然，味味一味，我們感受到月光一樣的白、陽光一樣的溫熱！

閱讀《八卦山麓有人家》，會自然連結一千兩百多年前的盛唐自然詩人王維，古典與現代詩人有著相同純淨的心靈。蕭蕭常常期勉學生：「若不凝神專注，則生命將一無所有！」

二〇一五年老師獲頒星雲教育貢獻獎，他將所有的獎金，回贈明道大學，建設了人文講堂，提供人文學院辦理人文經典大師講座，設置了「雲水間」做爲接待來賓喝茶討論文學的空間，開闢了「詩學中心」捐贈上萬冊的圖書開放給學生閱讀研討，老師時時將閱讀的心願，隨時隨緣自在的分享給所有的人。

這二十年來隨著蕭蕭辦詩歌節以及藝文交流活動，蕭蕭時時叮嚀，要讓孩子接觸詩歌、繪畫、音樂，讓孩子的心靈填滿高尚的情趣。我相信這些高尚的情趣會支撐孩子的一生，能夠讓孩子遇艱險時，在最嚴酷的冬天也不會忘記玫瑰的芳香。蕭蕭常說，理想會使人出衆。記得小女柔柔剛考上臺灣大學時，他就特別以文字叮嚀柔柔要有三開——「開心」：打開心胸，讓心迎向光明，讓世界走進來。「開悟」：在文字及生活中領悟，成爲自己生命的一盞燈。「開示」：用自己的觀念，再說給別人聽。學習的過程就應該是這樣開心，開悟，隨緣爲有緣人開示。正呼應著蕭蕭一路無所求，自在面對人生的達觀態度。無所求卻無所不應，散發出源源不斷的溫潤力量，潤澤著莘莘學子。更以「心向天地開放，人與純眞往來」面對生命所有的遇見，用幽默的口吻，充分的展示了人間處處皆學問，雲在青天，風在兩翼，處處充滿了故事與學問，呈現出生命的智慧，「不被打倒，永遠積極向上」的生命指標。

蕭蕭，永遠用詩心與文心溫潤著衆生，將生命的哲思，化作佳篇，如雨天曼陀羅華傳遞文學的芬芳。他用靈魂深處的力量勾起我們的詩心，創造了人性裡的「淳善的價值」！

## 遇見純淨文學心

白色，是一種純淨的、靜謐的顏色，不驚擾他人，溫柔中透著靈秀之美。沒有鮮豔的色彩，卻能展示優雅的一面，用一個巧妙的稱呼，完成了從視覺、味覺到心靈感受的全方位撫慰。白色，有莊嚴、典雅、靜穆的美感，也有柔和、恬淡、朦朧的意味。白如雪，潤如玉，透如絹，如美人肌膚一般白淨，如春日早晨一樣甜蜜而清涼，白得剛剛好，白得無法更完美，春日雨水潤澤大地，品讀蕭蕭《八卦山麓有人家》，綠意盎然純淨的畫面從心底與眼前升起。

走在春日陽光下，看春日的繁花，映襯著晨光與朝露，呈現多元的白色，彷彿可以領悟張若虛「空裡流霜」的白，或者「汀上白沙看不見」的白。「看不見」是白在視覺上的極限嗎？我和女兒在臺大醉月湖畔攤開一張茶席，視覺呈現的是淡然的清靜，節氣「驚蟄」，展布素白色茶席，幾朵裸粉的茶花與落下的梅花，一壺茶，就是浩瀚無邊的胸懷涵容雨露，不需打開音樂，讓春天的鳥鳴自然走進來，不需五色繽紛，只讓茶花與文心蘭散發淡淡的香氣，茶席因單純而優雅，一如展讀蕭蕭的散文。在春日晨光下，品著東方美人，望著波光嶙峋，與露水潤澤的嫩綠小葉欖仁，品味著東方美人茶回甘的味道，回味散文裡的文字，如回甘好茶讓人舒心。

純淨與不染的心，如喧囂中隱約的迴響，在時空裡訴說著悠遠的情懷。那些靈動之氣，與春日「雨水」潤澤大地是一致的，在以白為底的天地裡，渲染出柔和悅目、溫潤恬靜的美感。舒展奔騰，視覺與思緒都可以無限延伸，靜靜的在午後品讀，總有清明與喜悅在流動。

「日暮鄉關何處是？煙霧迷惘的紅塵臺北，能不能望及我們鄉園的蒼翠？能不能回望我們曾經稚嫩的笑語歡騰？變化不多的家園，我們永遠不陌生。曾經深愛的故鄉，我們永遠不陌生。」

這樣的轉念，寫下的文句，敲醒了昏沉的靈魂，讓娑婆塵勞，瞬間安定。這也想起曾在湖北黃州幽居的蘇軾看透人世——「微渺如螻蟻，無常似羽毛」。他走在空白之道，讓自己在心靈安寧中，探索生命眞相。黃州，東坡閉門謝客，沉思自省、向內探索。這段東坡寫了黃州時人生的思考，《安國寺記》中一段文字：「深自省察，則物我兩忘，身心皆空。求罪垢所從生而不可得。一念清淨，染污自落。」相隔千年，蕭蕭與東坡，竟有一致純淨心。

## 天容海色本澄清

蕭蕭獲頒二〇二一年吳三連文學獎的殊榮，頒獎當天，看見剛動過心臟瓣膜置換大手術半個月的他，穿著鐵衣忍著傷口疼痛緩步走上國賓飯店大講臺，握著麥克風的雙手嚴重顫抖，但是他依然沉穩的做了五分鐘生動完善的感言，我聽見蕭蕭傳遞出對文學前輩的尊重與感恩，剛剛動完超級大手術，依然勇敢的一步一步緩緩走上領獎臺，這豈止是勇者的示範而已啊，有更多是深耕五十年文壇的厚實。

山河大地、星辰日月無不體現著清淨的心境，人心中也有山河大地、星辰日月，蕭蕭的散文，也有這樣的特質，拓開眼界不將自我設限的典範，右手寫詩、評論詩，左手寫散文、編寫國文教科書，在文學與創作多元的展現，圓融自如，湛藍澄清。

細讀每一篇散文，若茶的潤澤與芳華，遇見環境的困頓苦難，心卻尋思並尋找生命的出口，自在淡定。蕭蕭用他的文字，輕輕敲開一扇窗，溫潤人心也交會出一道心光。帶給讀者一種在春日煮一壺茶在田野靜思的感覺，靜靜地傳達出一種生命的亮光。如雨後天晴的時刻，透過落地窗灑落的溫暖，可以讓整個天地通透明亮的感覺。

每個人的心中都有他自己的桃花源，每一個人心中的淨土都會以自己喜愛的色彩去描繪，最初的家園也都必然成爲我們心中永難忘懷的「鄉」，隨著蕭蕭的文字穿越時空尋訪八卦山麓的點點滴滴，且讓我們一起低下頭，想想純樸，想想童眞，不管日行萬步，或者一生行多少萬里路，都從足下的舒適穩定開始，將八卦山的溫厚放在心中，永恆溫潤人心。

二〇二四驚蟄　寫於九龍江畔

# 朝興村

朝興村是一個典型的臺灣農村，世世代代，這裡的人日出而作，日入而息，平靜、樸素、安分、守己，不求空間（農田）的擴充，只求時間（後裔）的綿衍。近三十年來，朝興村有了生活上顯著的變遷，這樣的變遷，有值得欣喜的一面，也有令人惋惜、讓人懷念的一面。

三十年謂之一世，這一世的朝興村值得我爲你勾勒出來，如果你已經三十歲以上，你將與我重回童年鄉村的記憶，同享門前一望無際的稻海，潺潺的流水，簷邊燕雀的嬉鬧聲，你將記起番薯籤飯與蘿蔔乾的辛酸，颱風、大水洶湧而來的驚悸，

你更會記起王鹿仔、布袋戲、陀螺……以及滿布皺紋的厝邊阿伯。如果你還小，未滿三十歲，不一定會喜歡朝興村，但你將發現朝興村的風是那樣清爽，朝興村的土是那樣芬芳，朝興村的人是那樣親切，你因而知道泥土是最踏實的，農村是最值得信賴的，你更能恍然了悟父兄的童年經過什麼樣的掙扎，他們爲什麼知道什麼叫做滿足，因此，最後，我相信你會喜歡朝興村，喜歡你所在的這個富麗的島嶼。

朝興村是一個小村莊，位於彰化縣社頭鄉的山腳邊，山是彰化縣境的八卦山脈，從彰化一直迤邐到二水，山腳有一條路，謂之「山腳路」，從彰化一直迤邐到二水，二水是謝副總統的老家，一路可達。不過，這條路不是省道，柏油路面不寬，公路局的車子不會駛進來，只有「彰化客運」的車子從彰化到二水，從小時候的石子路，一直到今天的三級柏油路面，彰化客運一直顛簸其上，成爲村人出入的大動脈。路的兩旁，過去是高大的木麻黃，夏秋之際，落下許多硬實扎人的麻黃子，是我們小孩子的天然玩具，後來因爲拓寬馬路，遭到砍除的命運，所剩已無幾。山腳路的兩旁林木掩蔽，則是三十年來未曾改變的事實，相思、刺竹、龍眼、芭樂，一路望過去，交替輪迴，轉彎又有，永遠不會有盡頭似的，這是彰化縣有名的山腳路。

小孩子最喜歡站在山腳路邊，看「自動車」由遠而近，大家猛揮小手招呼，齊聲吆喝，吆喝聲中透露著無比的興奮。彰化客運在車子兩旁漆有「彰客」兩字的標幟，並且編有號碼，我們最喜歡去猜這個號碼，車子從遠處轟轟烈烈走來，大家七嘴八舌喊著六十八，七十二，八十四……，總會有人猜著，大家又跳又叫，樂成一團！印象最深的是「四十三號」的車子，這是一輛老爺車，走起路來丁鈴噹啷，常常看見它氣喘吁吁，咳嗽連連，從員林走到朝興村，就要喝一次水，水一澆，白煙直冒，煞是好看，這輛車不用猜，遠遠一望就知道是它，四十三，四十三，大家興奮地喊著。司機很和藹，是我小學一位姓康的同學的爸爸，後來公司分配給他一輛全新平頭的車子，編號已在一百以上，雖無豪華設備，已經氣派十足，不過，我們比較懷念那輛四十三號的老爺車。

司機和車掌，在我們心目中是非常偉大的人物，司機可以猛按喇叭，叭叭叭，把行人嚇開，一路急駛而來，再沒有比這更威風的事了！車掌兩聲哨子，讓車停住，讓人上下，再吹一響，車子又乖乖地開動了，何等神氣！小學生的作文簿中，

「我的希望」是當司機和車掌的人還眞不少哩！當然，猛按喇叭的車子，在寧靜的朝興村，並沒有人認爲是噪音的製造者，倒覺得是爲沉悶單調的村子帶來一點熱鬧，有時還可以提醒村人時刻，現在大約是十一點三十分了，可以收工了。不幸，偶爾也發生車子輾死了村人豢養的雞鴨，一向儉樸的村人捨不得在平常的日子宰雞殺鵝，正好利用這個機會加菜，因此，傷心的是大人，幸災樂禍的卻是又有雞肉可吃的孩子，說不定還有少不更事的孩子在嘀咕：爲什麼輾死的不是我們家的雞鴨鵝？

經由山腳路，朝興村北邊可通員林車站，南方可達田中市場，再經由這兩鎭而南來北往於臺灣各地，這是我們的經濟大動脈。山腳路的東邊是一片山坡地，沿山坡而升就是綿亙彰化縣境的八卦山脈，越過山則屬於南投縣管轄。山腳路兩邊即是村人聚居的地方，你可以從葉隙間看到疏疏落落的屋瓦。從山腳路往西則是一片大好的田野，可以接連嘉南平原，直到日落的地方。田野中呈現一條丫字型的小馬路，稱之爲「社石路」，上面那兩叉，右邊可達派出所，左邊通往朝興國小，下面那一豎，直達社頭市區，是完糧納稅、買魚進貨必經之徑，路寬不到五米，長約兩公里，三步五步就有一棵芒果樹，路旁即是稻野，稻香、花香、草香，還有泥土和芒果的芬芳，隨處飄散，散步、騎車，迎著微風落日，舒暢無比，這是全社頭鄉最美的一段公路，爲朝興村所專有，歡迎你來走踏。

當然，如果你願意登上我們屋後的八卦山脈，全鄉的美景盡收眼底，一片綠野，幾處炊煙，偶爾傳來三兩聲吆喝，四五聲雞啼，不覺使人心爲之曠，神爲之怡，人生喜樂，不過如此！

如果你眞累了，隨處都是可以一坐的大石，滿山遍野種植著鳳梨、龍眼、香蕉、釋迦、橄欖、楊桃、檳榔，你是路過的貴客，可以當場摘食解渴，但請勿包好帶走，這是我們不成文的規矩。

上山，一片綠，下田，一片綠，生活在綠意盎然的世界裡，你可以隨意舒伸自己，可以蹦跳，可以奔馳，可以歡呼！這就是我們童年奔馳、呼嘯的朝興村。

最早最早的時候，老一輩的人都記得，朝興村南邊的山腰上，有一大片楓樹林，一大片哪！都是楓樹，多麼令人嚮往。樹，有時候並不一定要開花，並不一定要結果，只要秋天一到，寒霜一降，滿山的楓葉在冷風中紅著雙頰，這就是我們朝興村年輕人夢寐以思的地方，我們不曾看過一片楓紅層層，但是可以想見這是朝興村最明亮、最光彩的地方，我們想望著哪一天眞正重臨朝興村的楓樹林，依然可見一片楓紅層層，明媚耀眼，就像那逝去的歡笑的童年。只是，這一天什麼時候會再重臨呢？

朝興村，朝向興旺的一個小村莊，點點滴滴刻畫著我們的童年。

朝興村，典型的臺灣農村，瑣瑣碎碎記憶著我們的童年。

——選入《有情天地》（張曉風主編，爾雅）

——選入《大家文學選散文卷》（王灝・康原編選，梅華文化）

——選自《來時路》（爾雅，一九八三年）

# 紀念祖母

我有一個愛我的祖母。

想起祖母，就會有一大堆數不完的往事湧上心頭，往往不自覺掉下幾行清淚，尤其是夜深人靜時。

祖母姓張，娘家是員林百果山上有名的望族，當時于歸蕭家也是地方上轟動的大事，因為曾祖父是晚清秀才，聲望頗高，擁有三個歌仔戲班，遠近馳名。後來家道中衰，戲班遣散，曾祖父、祖父相繼過世，祖母獨力撐起這個家，撫育遺孤，更不幸的是，長子——我的大伯父也在娶妻生女後去世，整個家庭的生計更加艱困，

當時家父年紀尚小，寡母孤子，在曾祖父三甲良田中僅分得三分水田，賴以維生。

滿清末年，有名望的家庭仍然盛行女子纏足的習慣，祖母的腳就是經年累月纏著布的小腳，她不願小腳放大。即使纏足不能算是優良的中國文化，終究是中國文化的一部分，否則爲什麼博物館中要展出這種三寸的金縷鞋呢？何況，文化與風俗習慣絕不是外來壓力三十年、五十年所可摧毀的，特別是中國文化。以日人據有臺灣五十一年，這麼長的時間來看，當時所立的廟，仍在廟柱上刻著對聯，在牆壁上繪著忠孝節義的故事，盡量以「甲子」紀年，墓碑上勉強刻上「昭和」年代，中間仍然刻著「書山」的祖籍，「皇考」、「顯妣」的字樣，這些小地方都顯示著中國文化的源遠流長，不容抹煞。纏足的習慣隨著時代的進步而慢慢消除，祖母的小腳正代表舊文化式微期的最後掙扎。祖母的堅持毋寧是正確的，因爲，已經纏過的腳，即使放大也一樣不便行走，何況祖母雖然纏著腳，上山下田，操持家務，並不遜於任何以天足行走的婦女。祖母是一個堅強、能幹的人。祖母是我生命中的巨人。

在我的心目中，祖母身材高大，嗓門更大，不論我跑到哪裡玩，幾聲「阿順仔——」就能把我召回來，即使我聽不到，也會有好心的阿嬸阿伯告訴我：你阿媽在叫你了！在朝興村，到處都會遇到和善、好心的阿嬸阿伯。

有時我也會玩得滿身泥巴回來，鄰家的孩子通常會被罵「夭壽死囝仔」，祖母不會這樣罵人，她罵我時有一個特定的詞，別人不得享用，詞曰：「你這個大尾烏魚」，語氣中不一定含有責備、生氣的意味，倒是愛憐的成分多些，就像一般人說的「又是好氣又是好笑」那樣。爲什麼說我是「大尾烏魚」，我一直不明白，也許跟「大尾鱸鰻」有關，臺語的「鱸鰻囝仔」並不完全等於國語的「流氓」，尤其從父母口中說出時。

我這尾大尾烏魚當然不很壞，從我挑燈夜讀的情景來看就可以明白。

小學六年，家裡一直點用油燈，所用的油應該就是煤油，我們稱爲「番仔油」。買油，我們稱爲「打油」，是從一個大桶中汲上來，注入瓶中帶回家的，「打酒」也是這樣，所以買菜買鹽可以說買，買油買酒不可以說買，要說「打」。另外，買賣米穀的買與賣也有特殊用字，不能誤用，買米叫「糴」米，音「ㄉㄧˊ」，賣米叫「糶」，音「ㄊㄧㄠˋ」，糴米糶米之間是有「出入」的，不可以「買賣」混稱。

油燈的高度大約一般玻璃杯那麼高，直徑只有它的一半大，中間的燈芯是用草紙撚成的，燈芯燒久了會有碳化現象，必須以尖硬的東西去剔它，燈會更亮，這就是古人說的「挑燈」。「挑燈夜讀」對我而言，是從小學三四年級就開始了，祖母喜歡陪我夜讀，喜歡聽我大聲朗誦課本，雖然她一句也不懂，但她就是喜歡聽這個寶貝長孫誦讀，認爲這才是「讀」書，可是，從那個時候開始，功課已多，算術、自然都要演算、默記，朗誦課本的機會已經很少了，祖母雖感奇怪，仍然陪著我，一直到更深人靜，即使勉強她先睡，也不會眞正闔上眼。當朝興村都已早早進入夢鄉，遠處傳來幾聲狗吠，這時，一燈如豆，祖孫相依的情景，是這輩子不能忘懷的，時時來到眼前，歷歷如繪。

早上天剛破曉，鷄一鳴叫，全村的人都起來了，沒有人敢落後。這時，祖母正在爲我煎荷包蛋；煎荷包蛋並非易事，不能太老，也不能太嫩，祖母知道我最喜歡的火候。有時媽媽或姐姐好意幫我煎蛋，我總是不滿意，非得祖母重來不可。「大尾烏魚，那一天阿媽回去了，看你吃什麼！」當時的我處在祖母的溺愛中，十分執拗，那一餐沒有魚乾，那一餐絕不扒一口飯，任你威脅、利誘，連哄帶騙，就是不吃，直到魚乾買回來。十多年來一直這樣，附近阿嬸阿伯都知道，後來長大了，到臺北讀大學，每逢過年過節回家，父母一定趕快差弟弟妹妹去買，即使過訪已經出嫁的姑媽、姐姐家也受到同樣的招待。每個親人到現在都還記得我與魚乾的故事，這一輩子受人恩惠太多，心中必須常存感謝的心。尤其祖母，在三餐都難以爲繼的日子裡，吃番薯籤配醬筍和蘿蔔乾的日子裡，長久爲我維持每餐魚乾的奢侈生活，我必須感謝，必須永恆紀念。

讀小學——小學離家不過兩百公尺，祖母唯恐我瘦小的身體不能支持太久，常常要我利用課間活動的空檔跑回去吃一些點心，有時乾脆送到校門口來。我常說這樣人家會笑我，祖母說身體要緊，三、四年級以後才不敢再做這種「課間活動」。

吃甜食、糯米食物、進補，是我最不喜歡的事，前兩項還好，可以少吃，進補則無法違拗祖母的意思，只好閉著眼睛猛灌，也許就這樣灌出一點聰明才智亦未可知。後來慢慢修正進補的方式，大約只剩下「麻油雞」和「雞汁」兩種，因爲這是我喜歡的方式，祖母總是以我喜歡的方式愛我。

我有一個愛我的祖母，可是，她老人家已經走了！

「那一天阿媽回去了，看你吃什麼！」祖母能做的事，沒有人可以代替，每次想起這些，忍不住眼眶潤濕。也許除了父母，沒有人知道我多麼依賴祖母，多麼愛我的祖母。每次回到朝興村，總要在祖母的墳前陪祖母坐一段時間，直到暮色漸漸淹沒了我們祖孫倆……。

——選自《來時路》（爾雅，一九八三年）

# 父王

大哥：

最近父王常感頭昏，醫生也未說明原因，目前正在吃藥，略有好轉跡象，父王要你們不必掛意。

你需要的玄天上帝護身符，父王已在昨天深夜求得，縫好香囊，再讓美暖為你帶去。父王交代：一定要掛在車內顯眼的地方，不可帶進廁所等不潔之處，請注意。

二弟謹上

弟弟的來信，十幾年來大約都是這樣，「挾天子以令諸侯」，他的信中一直稱父親爲父王。國父說：民國的建立，就是要讓全國四萬萬五千萬同胞都當皇帝。所以，「朕」以爲弟弟這樣稱呼父親，實在是最恰當不過了。

在我們「宮」中，父親眞的就是父王，從小我們都怕父親，老鼠看見貓那樣。小時候，我因爲上面有祖母頂著，總算還有個避風的港灣；弟弟們長成時，祖母已經駕崩，我們完全失去可以依傍的蔭佑。不過，也從這一年，我們發現父親好像也失去了他精神上的某一個依靠，也有落寞、無言的時候。

不知道爲什麼會那麼怕父親，直到來到女子學校以後，學生要求我永遠保持微笑，說她們怕見我不笑的臉，我才想起父親的臉也是這樣「不怒而威」。怪不得前些日子有個女孩子說我的臉很有「氣派」，同是這樣有氣派的臉，使我們小時候永遠「立正」跟父親說「是」。

我們難得看見父親笑，雖然父親的臉上有個很深的酒渦，笑起來好像一朵花在水池子裡漾起漣漪。

我們難得看見父親笑，雖然父親口中有著兩排潔白無比的牙齒，笑起來好像黑人牙膏的廣告。

不過，我們常聽到他跟厝邊隔壁的阿伯阿嬸聊天時，那幾聲宏亮的笑聲，真的像山寺裡的鐘響。

其實，不止我們怕他，鄰居的小孩也怕他。哭個不停的小孩，看到父親走過來，嚇得連哭聲都吞回去，如果父親再衝著他露齒一笑，這個孩子往往不知所措，要等父親走得很遠很遠了，好像忽然想起什麼，哇的一聲，驚天動地，哭了起來。

除了我們兄弟，父親不曾對誰兇過，父親兇起來，講話都非常簡短，訓詞也很扼要，一聲「站好」，就足夠我們反悔好久了。有一次，我們一大群小孩在玩，我打了一下弟弟，剛好被他看見，他氣極了，喊了一聲「過來」，除了我和弟弟以外，竟然還有三個小朋友也臉色蒼白跟著跑過去，挺挺地站在他面前。

叱咤則風雲變色！

不過，獅子不一定常發威，父親說：「常常大小聲的一定不是獅。獅，是深山林內的獅；知，是心肝內的知。」這幾句話是用臺灣話說的，我很喜歡，所以記得十分清楚。獅子不會常發威，眞正的「知」也不是時時掛在口頭上。刻刻向別人炫耀的，那不是眞知，不是大智。所以，小時候，父親就是我的天，我不知道天有多高，天有多大，因爲父親的「知」藏在他的心肝內，偶爾透露一點，對我來說，那就是一片森林，直到今天，我還常常在課堂上引述他說過的話，不能不珍惜那話語中的一草一木。

我是長子，每次祭拜祖先時，都指定我跟在身邊學他燒香、燒金，學他口中唸唸有詞，只是到現在，我還不知道他跟祖先嘀咕什麼，每次我都祈禱：「神啊，祖先啊！保庇阿媽、爸爸、媽媽身體健康，保庇我會讀書。」把這兩句輕聲唸完，斜過眼睛看看父親，他還在唸唸有詞，我只好再請神啊、祖先啊保庇阿媽、爸爸、媽媽身體健康。重複了好幾遍，祖先都快要不耐煩了，父親的祈禱詞還沒說完。我不能不承認，父親比我有學問多了！

有一次忍不住問他：

「阿爸，你都跟神說什麼？」

「求神保庇咱大家啊！求神給咱國泰民安啊！」

風調雨順，國泰民安，這樣的成語不是從書本上認得的，而是父親傳授給我的。人，神，家，國，好像從一炷香的裊繞裡，那樣諧和地融揉在一起，我學不來父親那麼長的祈禱詞，但我學會他的虔誠，學會他的國泰民安。

每次自我介紹，往往我這樣開始：「我姓蕭，我爸爸也姓蕭，所以我叫蕭蕭。」這是開玩笑的話。接下來，我總鄭重其事地說，慢慢地，說：

「我是，農夫的兒子。」

士農工商，誰是四民之首，我沒有特別的意見，但我以父親是農夫爲榮；雖然，父親很可能是四千年來我們蕭家最後的一代農夫，雖然，我一點都不像拿鋤頭長大的人。但我時時警惕自己，要能挺得直、挺得住，要能彎下腰工作，要能吃得了苦，耐得住寂寞。

我最羨慕父親身上那一層韌皮，古銅色的肌膚眞是農夫的保護色，那是太陽炙烤的、雨淋的、風颳的。

光滑的韌皮，蒼蠅昆蟲不能停留，蚊蚋不知如何叮咬，睡覺時，從來不曾掛過蚊帳、點過蚊香，光裸的背肌、臂膀，平滑得像飛機場，只是蚊蠅卻永遠無法下降。

那眞是發亮的背肌，一堵不畏風寒的牆。

手腳上的厚繭又是一番天地，不論怎麼撕，依然胼胝滿掌，特別是腳掌上的厚繭幾乎已成了鞋一樣的皮，甚至於龜裂出很深的溝痕。我曾看見父親以剪刀修剪那層厚皮，彷彿在裁剪合身的衣物。

「阿爸，這樣不會痛嗎？」

「怎麼會痛？這是死皮。」

一層血肉皮膚，如何踩踏出另一層死皮？礫石、炙陽、凍霜，不盡的田間路，來回的踩踏，我不曾看見父親皺眉、嘆氣。父親不怕冷，不怕凍，不怕霜，再寒，也是赤著一雙大腳在田埂間來來去去。他常說：

「沒衫會冷，我有一襲『正』皮的衫啊！」

這樣開朗而幽默的話，當然多少也遺傳了一些給我，每次穿著那件仿製的皮外套，總有人問我是不是眞的皮衣，我的答案斬釘截鐵：「眞皮——」，相當肯定：「——眞正塑膠皮。」

所以，就父親而言，皮已如此，牙齒就更不必說了。他永遠不能想像牙齒會痛，他說：

「騙人不識，不曾聽過石頭會痛的！」

牙齒像石頭那樣堅硬，怎麼會痛？到現在他還不知道什麼叫做牙齒痛——這一點，好像我的學問比他大些。

只是，面對父王，我又囁嚅了。

我不敢跟他形容牙齒疼痛的樣子，我漸漸學他忍耐人生苦痛的那一份毅力。

——選自《來時路》（爾雅，一九八三年）

# 穿內褲的旗手

每次，望著冉冉上升的國旗，聽著「山川壯麗，物產豐隆，炎黃世冑，東亞稱雄……」的旋律，內心的激盪往往難以平伏。每次，我會默默暗和著旋律，數算國旗上升的速度，是不是在第二次「……同心同德，貫徹始終，青天白日滿地紅」結束的同時，準確而俐落地將國旗升到桿頂。每次升旗時，總要特別注意一下旗手站立的姿勢，心中老想著也許可以看到幾十年前的我，一個羞澀的小男孩昂然站立的樣子……。

昂然，我確信那是一種昂然的立姿。

平時我是謙和而又有些畏縮的——謙和，因爲祖母一直這樣教我；畏縮，大概源於天性，源於身子的瘦弱，也許還源於家境的貧困。那年，民國四十五年，我才小學四年級，降旗後升學班的同學留校輔導一小時，每月要繳大約十塊錢的補習費，柳老師從月中就開始催收，很難一次收齊，至少我沒有一次按時繳交過，最後總有七、八個人在放學後被留置下來，一個姓邱的女同學和我永遠是其中的兩名，老師的語氣十分溫婉，問好一個，放走一個：

「爲什麼還沒交補習費啊？」

「忘了跟我爸爸說。」

「你呢？」

「我爸爸說沒錢，要過幾天。」

「好，還有，你呢？」

「……」

我躲在同學群中，抖顫著。剛開始，老師總以這樣的問詢句型問我，答案只有一個：「我爸爸說家裡沒錢。」或者沉默不語。後來老師知道了我們兩人的家境，點名叫到我們時，總改口說：「好，你可以走了！」手一揮，不多問什麼就要我們兩人回家，雖然老師特別恩寵優待，我心中仍然十分難過，為什麼翻遍家裡所有的抽屜就是找不到兩毛錢？為什麼每天要讓老師詢問：「補習費呢？」幼小的心靈無法辨清：貧窮是不是羞恥？

補習費這樣一拖再拖，舊的未繳，新的月份又來了，拖到最後，老師也不急著催我們，但在我們內心深處一直埋藏著一份愧疚，老師那樣賣力，付出心血，我卻無能報償老師，大家都繳了補習費，是我占了同學和老師的便宜，卑怯，畏縮，從此埋首在書本中不再抬頭。

直到有一天，被選為旗手，走上升旗臺，我不自覺昂著首，挺直了脊梁。

那時，我們朝興國民學校的升旗臺稱得上宏偉，很像一個小小的城堡，全部是洗石子的水泥牆，比老師還高，上面還圍有小小的欄干，升旗臺的四周栽種許多花木，是全校培育得最完美的花園，平時規定任何學生不可走進花園，不可爬上旗臺，那是神聖的地方，而我則成為神聖的旗手，每天要登踏洗石子的水泥階，站在旗桿前，高舉國旗，然後，隨著國旗歌的旋律，冉冉升起青天白日滿地紅的旗幟。

毋自暴自棄，
毋故步自封，
光我民族，
促進大同。

這時，我確信我以一種昂然的立姿，莊嚴而優雅地站在全校師生的面前，不再是體弱多病，沒交補習費，卑怯，畏縮的那個孩子。

我是旗手，莊嚴而優雅，升上我們的信心與仰望！

是的，那眞是一個莊嚴的時刻，雖然卑怯的我只穿著一件內衣、一件內褲，但我表情嚴肅，內心充滿著虔誠與敬意，一節一節，拉升國旗，實實在在感覺著烈士的血一次比一次沸騰，「創業維艱，緬懷諸先烈；守成不易，莫徒務近功。」國旗，在蔚藍的天空裡，迎清風，迎旭日，顯得更莊嚴，更美麗。

而我，一個只能穿著內褲的旗手，同時在內心裡也升起一面鮮明的旗幟，朗朗的青天，永遠的十二道白日光芒，象徵博愛與關切的熱血，人生，就應該這樣向上仰望，仰望光明，應該這樣奮發，奮發向上！

那時，幾乎每個人都是赤著腳的，每個男人都只穿著一件內衣、一件內褲。內衣通常是以美援的麵粉袋縫製，或者以「硫安」袋，硫安是一種肥料，菜蔬瓜果都要施放硫安，每戶農家總會有幾個裝硫安的布袋，洗淨以後，可以裁成小男孩的內衣，胸前剛好是拳頭那麼大的兩個字「硫安」，打躲避球時，穿這種內衣的人歸成一隊，稱爲「硫安隊」，另外一隊是「麵粉隊」，胸前印有中美兩國國旗，兩隻緊握的手。這就是我們的內衣。

我們穿褲子，那時在鄉下，通常只穿內褲，很少人穿外褲，特別是夏天，青色的四方型內褲，寬寬大大，爸爸這樣，小孩這樣，每個男人都這樣穿著。卡其長褲要等很冷的冬天才加穿上去，要等結霜或過年的時候才配上布鞋。一年有十個月我們只穿青色的內褲上學，大庭廣衆，升旗臺前，就是這樣的一身尷尬模樣，但是我們仍然嚴肅地唱「三民主義」，升旗。

今年入夏最熱的一天，我沖過澡，貪圖涼快，穿著內褲就走進了客廳。

「嘖嘖嘖，你到底懂不懂禮貌啊！」太太又把我往內室推。

「什麼地方不懂禮貌了！想當年，我就是這樣……」
「什麼時代了，還提當年！」
「對呀！當年我就是穿這樣，在幾百人注目下把國旗升上去的，也沒聽說……」
「什麼？爸爸，你，穿內褲，升旗呀？」
「進去進去，時代不同了也不知道。」
眞的是時代不同了，昨天走過長長的百貨公司走道，處處色彩繽紛，走道兩旁竟然都是不同廠牌的內衣專櫃，「全家福」，「賓士」，「衣內的愛」，摺疊得那麼精緻，顏色不同，款式不同，質料不同，轉過一個彎，猛然發覺：眞的是時代不同了！
「爸，我要一件小BVD，穿起來比爸爸更神氣！」
神氣？比爸爸神氣？連內衣都要講究色彩，講究神氣嗎？
走出百貨公司，又彎進另一條巷子，一家美術補習班就在前面，暑假到了，小孩子說要參加繪畫班，特地來看看，上課六週，每週三次，補習費兩千五百元，一次繳清。門口擠滿了人，我跟著擠上去，拎了一張上課證回來。兩千五百元！我拿著這張上課證發楞。是夢嗎？

這是一場什麼樣的夢呢？

「創業維艱，緬懷諸先烈；守成不易，莫徒務近功……」每次望著冉冉上升的國旗，我總想問：國旗，您還認得這麼一個穿內褲的旗手嗎？在朝興村，一身昂然的立姿不能掩住臉上的羞澀，曾經那樣虔誠地將您升上藍空，那樣虔誠地仰望著您，祈求一個夢的實現！

——選入《方向》第四輯（幼獅文化）

——選自《來時路》（爾雅，一九八三年）

# 國父與朝興村（一）

認識　國父，總在上了國小以後。一走進我們朝興國校的大門，第一棟大樓的通道裡，高懸著一幅巨大的　國父畫像，早上一進校門，畢恭畢敬，深深一鞠躬，「國父早」，永遠不打折扣的九十度。

下課時候，這個通道就成了我們戲耍的場所，女孩子在通道中央處踢毽子、跳繩，男孩子通常有五個人玩「占柱子」的遊戲，猜拳決定輸贏，有四個人分別占據四個角落的大石柱，輸的一人站在通道中央處當「鬼」，這四個人要兩兩跑步交換位置，中間的「鬼」則偷空搶占石柱，落空的人就必須游移在中間地帶，等待

下一次的搶攻，這樣繼續輪番玩下去，倒也訓練了機智、反應和速度。有時爲了朋友，我們會誘引其他占有石柱的同學離開，讓自己的朋友去搶占，有時我們兩個正在換防，其他的人也會跑來攪局，偷搶我們的壘位，我們又忙著去搶其他人的壘位，撞成一團，笑成一團，這些，　國父都看得一清二楚，他看著我們嬉笑，看著我們成長。

突出的石柱與牆壁之間，自然形成一個隱蔽的牆角，有時，考試考壞了，被老師責罵了，也會跑來這裡依著牆角默默流淚，淚眼朦朧，抬頭望見　國父剛毅的臉，烱烱的眼神，我也會咬著牙根，堅決地宣誓：「我要成爲一個有用的人。我會成爲一個有用的人。」握緊的拳頭，代表一種永恆的誓願，這些，　國父也看得清清楚楚，從他那七分威嚴三分親切的神色裡，我眞的學會堅定，我敢於迎向不安與挫折。　國父巨大的畫像下，是我小時候的精神堡壘，助使我在貧困的環境裡一步一步站穩自己。

每逢　國父誕辰或逝世紀念日，我總讓學生在黑板寫下「國父紀念歌」，全體肅立，以虔敬的心表達一份對國家的誓言，好幾次，我一面唱一面流淚，想到近百年來的中國苦難，想到自己三十年到底爲自己生長的土地做了一些什麼，奉獻了什麼？我們慚愧。我會在　國父遺像前握緊了拳頭，「我要做個有用的人」，可是我完成了什麼？家國的苦難依舊，紛擾擾的爭端依舊，　國父，我一面唱紀念歌，一面流淚，握緊的拳頭應該可以發出力量的，我又握緊了拳頭，淚眼仰望你。

流淚只是激動。

我看見自己的孩子生活在比我更幸福的童年裡，他有好的可以吃，有好的可以穿，還有很多的東西可以挑剔，比起三十年前我在朝興村的日子，我們是進步了！可是我也看見，父親的農田除了一年兩次的稻作收成，不會有更好的收入，偏偏稻穀的價格一直是那樣偏低。我也看見童年呼嘯過的那片草地仍然那樣空曠，三十年來草色也沒有更翠綠，朝興國小的操場不會添增什麼育樂器材，禮堂原是我們週會、表演的地方，如今只剩一個空殼子，三十年努力的痕跡留在哪裡呢？

朝興村，一個典型的臺灣農村，它的進步會是遲緩的嗎？

或者是，我們外出的遊子忽略了它？

我又踱回　國父巨大的畫像前，通道上仍然寬敞如昔，昔日嬉笑的聲音依稀可聞，自己穿著內褲跑上升旗臺的模樣彷彿可見，但是，我已經不是「穿內褲的旗手」；我憶記這裡的一切，留下溫馨，是不是也該爲後來的子弟設計更好的環境，留下更多的溫馨？站在通道上，想著幼年記憶中的　國父，我又握緊拳頭，心頭有著更大的決心與信心。

——選自《來時路》（爾雅，一九八三年）

# 憨孫吔，好去睏啊！

從上小學開始，祖母就一再跟我說：「你阿祖是秀才，做一個秀才是眞不簡單。」我深深了解祖母的意思，她老人家對我這個大孫寄望很大，期勉我將來也跟曾祖父一樣，是個好秀才。雖然那時我不太了解秀才是種什麼樣的官位或稱號，但我相信，在我們朝興村，曾祖父是地方上有名望的人，是一個爲大家所尊敬的有學問的人，秀才是一項榮譽。

因此，從小我就養成了熬夜的習慣，十年寒窗，我心中這樣想，十年寒窗該會有一番成就吧！

事實上，小學到中學的階段，不熬夜也不行。鄉間田裡的工作、家裡的瑣事，總是那麼多，書包一放下，招呼一大群雞鴨鵝去了；星期假日，還要上山砍柴，下田拔草，即使不上山不下田，也要劈柴挑水，春夏秋冬總會有不同的工作等著你，如果大家忙進忙出，你卻拿著書猛念，心裡自然會有一種罪惡感；工作第一，讀書其次而已，甚至於一面工作一面讀書都會招來喝斥，誰敢在大白天做功課、背書呢？

天一黑，整個村莊就靜下來了，七點左右，大概就不容易聽到人聲。夜，真的是一片墨黑、漆黑，無止境的黑；有時北風呼呼，彷彿從很遠的地方來，要向很遠的地方去，從我們的稻草屋頂上呼嘯而過，我會壯著膽子打開竹篾編成的門，看看北風凌虐的樣子，門剛一打開，彷彿一匹一匹的黑也跟著流進來，急急費力把門關上，原來搖搖晃晃的燈火就這樣被黑所淹沒了！

重新把油燈點燃，我已坐在飯桌前，飯桌這時就成了我的書桌，桌面是四片薄木板拼成，使用多年，已經有些腐朽，桌腳墊著小瓦片，勉強在凹凸不平的地面上維持平衡，桌子靠牆而立，其他三面各有一張長板凳——我們稱爲「椅條」，我就坐在正中的那張椅條上，油燈在我的左前方——老師交代：光線要從左前方來，祖母則坐在我左手邊的椅條上，有時揀揀菜、做一些家事，有時喝喝茶，就只爲了陪著我。她會一直陪著我，直到我把該做的功課、該念的書都做好了，雖然她不知道我念了什麼，念會了沒有，她只要看著我，就心滿意足了。

整個村莊都已沉沉入睡，狗吠的聲音也不多聞，有時連我也只能勉強打起精神看書，這時祖母會熱了飯菜來，或者煮一鍋米糕糜、泡個蛋，給我滋補，祖母則從來不吃，她要讓我吃飽吃好，任我撒賴，也不輕嚐一口。

相對於窗外的寂寥，祖母在的日子，我的苦讀其實也充滿了溫馨。

祖母可是矛盾的人，她會一直催我趕快去睡，又記掛著這個憨孫不知道讀通了沒有？我也是矛盾的人，一面讀書一面催祖母去睡，可是又怕從竹篾的縫隙裡發出來的怪聲。「就這一頁，讀好這一頁就睡！」每天晚上總要重複這兩句話，不是祖母說的，就是我說。

祖母就是這樣陪我度過窗寒夜讀的日子。

「憨孫吔，好去睏啊！」

祖母逝世已經快二十年了，每次夜讀，過了子時，我耳邊總會響起祖母這兩句熟悉的聲音，望著寂寂陰寒的窗外，眼眶不覺隨之潤濕：

「我會是一個好秀才嗎？阿媽！」

回答我的不是一句「憨孫哩咧」，而是比二十多年前更深沉的夜的寂寥。

——原載一九八二年二月一日《臺灣新生報》

——選自《稻香路》（九歌，一九八六年）

# 醬筍、鹹瓜仔和菜脯

在朝興村，我們沒有父親不回家吃晚餐的煩惱。黃昏一到，父親從田裡荷鋤回來，帶著幾樣青菜，通常是蕹菜、菠菜、高麗菜、蘿蔔、花菜等等。剛從菜園裡拔下來，不一定肥碩，但結實而無農藥則是肯定的，只是這些菜不一定全部下鍋，頂多有一樣煮好上桌而已，其他的，如果量多就拿去賣了，如果量少，那要留待明天後天才能煮，不是每天都有菜可拔啊！

我們三餐的菜都差不多，沒有早餐、午餐、晚餐之分，早餐也吃乾飯，菜式總是一樣，不變的是：醬筍、鹹瓜仔、菜脯（蘿蔔乾），這三樣每餐都有，不同的

是，青菜的種類不同而已！

如果不會醃製鹹瓜，算不得女人。這話在朝興村可眞說對了，每一家都必須有這三樣菜，沒有了它們，飯如何下嚥呢？瓜與蘿蔔的醃製法相同，先要洗淨了，再以鹽巴揉搓，重壓、收藏、曝曬，黃昏時再以鹽揉搓，以石重壓，以稻草收藏，明天再曝曬在陽光下，週而復始，直到瓜與蘿蔔瘦了，鹹了，就可以收藏在陶甕裡！醬筍的醃製法稍有不同，剝了皮的竹筍切成塊狀，一塊一塊塗上鹽巴，存放在陶甕裡，通常還要灑上糖、豆豉，密封後放在屋角陰涼的地方，經過相當時日再打開試試鹹淡，這時，甕中盈滿了湯汁，竹筍因醃泡而爛了，這就是醬筍。瓜與蘿蔔也可以用這種方法來醃製，風乾與帶汁的醃法，當然會有不同的風味，共同的特性則是——「鹹」，鹹，才可以下飯，鹹，才能久藏。

每天，我們必須面對這三道主菜，如何下筷呢？十幾年下來，吃飯配菜的意義，就是在這三樣醬菜上打轉，能夠不伸手下筷夾菜嗎？乾吞乾嚥，總不如配點醬菜！所謂香甜可口，所謂五味兼具，從來不曾出現在我們的腦中，吃飯配菜——「菜」的定義就是醬筍、蔭瓜、菜脯！

當然，我們可能還有一道眞正的青菜，或汆，或炒，或煮，單純的佐料永遠是薑、蔥、蒜、九層塔、鹽、味素。用油很省，通常是菜籽油，難得打一瓶花生油回來，豬油最是難得。吃起菜來，當然也很省，往往一盤菜吃上好幾餐，留著下次熱了再吃，一點點剩菜，也捨不得丟棄！

偶爾客人來，煎兩個蛋，切成好幾十片，買半斤小魚乾，裝一小盤，另外抓幾條煮蕹菜湯，一魚兩吃，也算是加菜了！

眞正稀客來，才可能殺隻雞，買半斤豬肉，客人回去以後，這些雞肉、豬肉，我們還可以吃上四、五天，雞頭鳳爪仍然還在菜湯裡。

有時在田裡撿拾田螺、蝌仔，捕捉青蛙、魚蝦，或許這是我們動物蛋白質的另一來源。我記得我們還吃過幾次老鼠肉，味道十分鮮美，在那樣貧困的環境裡，吃一塊肉都算奢侈，哪有肉不鮮美的？一小片肉總要分好多次，配好多口飯啊！

晚餐桌上，父親從不講大道理，嚴肅的表情，永不皺眉的額頭，偶爾幾句風趣的話，往往感染了我，面對三十年不變的菜色，也只有堅定地舉起筷子——雖然心中是那樣想念細尾魚脯。

——原載一九八二年四月六日《臺灣新生報》
——選自《稻香路》（九歌，一九八六年）

# 瘦削的少年

每次說我十二生肖肖豬，別人都會大笑，首先，豬的形象和牠一貫給人的笨拙感，就是逗人的資材，其次，我從未發出圓滾滾的「豬」的正確發音，總是「租」一下就讓人會意，而且會心——會笑！

最重要的是我的身材——一六八公分，五十六公斤，無論如何都無法與豬產生相似聯想，「那有那麼瘦的豬！」

我的「身材」，最容易聯想到的是猴子，可是我又不精敏！

到底我屬於什麼動物才對呢？

學生每次看我簽「蕭」字，說是好像一隻蟑螂，應該肖蟑螂才正確，她們以蟑螂爲師，可是，鼠、牛、虎、兔、「貓」……怎麼算也算不到蟑螂啊！

從小營養不好，先天不足加上後天失調，我一直是瘦瘦小小的，小學時代還不一定看得出特別瘦削，不過，在友伴中也流行過童謠，可以想像那模樣：

蕭水順，老鼠子咬竹筍，
竹筍咬不斷，老鼠咬雞蛋，
雞蛋團團轉，老鼠乾瞪眼。

歌謠中，所有的「老鼠」指的都是我，甚至於課堂上、老師的面前，他們照樣脫口而出。有時在家門口，肆無忌憚，就問我爸爸：「你家老鼠有在嗎？」

畢業後二十二年，小學同學第一次召開同學會，男同學都三十五、六歲了，攜家帶眷的參加，大家一見面就猛「相」，相臉、相肚子，只有我不必，一說「老鼠」，大家猛拍我的肩膀：「我知我知」，好像二十多年來我一直就住在他家穀倉一樣。

讀中學時，個人體型的發展就有了比較大的出入，瘦小的我就像小寫的「i」，夾在突飛猛進的綠林中，只是一根剛萌芽的草而已，同學們都叫我「蕭仔」，那種消瘦的感覺從「ㄒㄧㄠ」的發音就可以領受到了。

特別是高三那一年。

高三上學期，我一直待在圖書館裡看小說，看中國古典小說，如果現在我還知道有林黛玉葬花詞、花氣襲人、歸彼大荒這些好玩的事，都是那時候留下來的記憶。可以借可以看的小說都讀過了以後，已經學期末了，新的圖書館落成了，同學說：高三下了，你不能再看小說了。

不能看小說以後，我就瘦下來了！

我是這樣「奮鬥」的：

早上一大早，濕濛濛的，騎著一輛破腳踏車，從義媽家出來，上課，中午吃義媽做的、專人送來的便當。下午上兩節課以後就到圖書館去了，一坐就是一個黃昏。直到太陽西下了，匆匆忙忙踩著車子回家去，書包則留在圖書館占位置，吃了飯，洗過澡，又回到圖書館來，一直到深夜。有時候通宵達旦，好像，圖書館是二十四小時開放的。

這樣熬夜的結果，我發現一天裡比別人多了好幾個鐘頭，我可以做很多事，那時，心裡一直這樣告訴自己：永遠做個高三人！

直到今天，我仍然以高三人熬夜「克」書的方式在工作，永遠的高三人，永遠的瘦削！

讀文化教材時，我最不喜孔子的那一句話：「君子不重則不威，學則不固。」被心寬體胖的人翻譯成這樣：「君子不穩重，就不會有威嚴，即使求學獲得知識也不牢靠。」什麼話嘛！孔子的原意其實是這樣的：

「君子不莊重，就不會有威嚴；

知道向學的人，就不會知識淺陋。」

你看，這不是挺好而美的嗎？滿腹經綸不一定就要腆著一個大肚子的啊！

瘦削的少年，還有一個最大的好處，即使靦腆、不敢隨便舉筷子，碗裡面卻永遠滿滿的五穀豐登、六畜興旺。每次到江文利、林勝利、黃榮村、陳章桐（依姓名筆畫序）他們家去，我永遠是伯母夾菜的好對象：「你瘦，要多吃。」

很多人問說：你如何保持這樣「苗條」？

我都在心裡苦笑！哪裡是我要「保持」「苗條」的。先天營養不良，每天菜脯、醬筍，豈是我所要的？倒是「永遠的高三人」是我自己命定勞碌的，不能太怪上天！不過，我仍然很好心的告訴大家：

多吃，才不會瘦下去。

多想，才不會胖起來。

身高依舊是少年時的一六八，體重也不過是五十六，只是，年齡卻一年一年的竄升，仍然瘦削，卻不少年，年少瘦削的狂氣、傲氣也這樣一年一年的消瘦了！

——原載一九八五年三月七日《中華日報》

——選自《稻香路》（九歌，一九八六年）

# 國父與朝興村（二）

心底深處一直有個念頭：什麼時候能帶祖母來到今日的臺北，當她看到這許多繽紛的光影，這麼多高聳的雲廈，不停穿梭的車輛，纏足的祖母會如何輕撫胸口、如何輕輕拭去額上的汗珠？如果當她知道她的長孫月入兩三萬時，她又會如何欣喜地頻頻擦拭眼角的淚滴？祖母，如果能活到今天，我要讓她踩最柔的地毯，喝以兩計價的上等茶，帶她去看清朝末年沒有的、民國初年也沒有的五光十色。我知道，祖母會輕罵我：「大尾烏魚哩！這麼討債！」

但我眞的這樣癡癡地想，想得心口隱隱作痛。

如果我能有今天的生活水準，祖母卻不能與我共享，那又有什麼意義呢？我住在臺北一棟大廈的四樓，祖母卻仍然在朝興村南邊、山上的墳塋裡，雜草叢生，蹊徑不明，我的奮鬥又爲了什麼呢？

想起這些，心口都會隱隱然疼痛。

心底深處我也會想起　國父，一百二十歲的　國父，我好想帶引著他與我一起回朝興村，看一個典型的朝向興旺的中國農村。

朝興村，不是四十年前的朝興村了，更不是一百年前的朝興村了，　國父知道這些變化嗎？

不論從哪個方向進入朝興村，每一條馬路都很方便，平坦的瀝青從四面來，向八方去，沿路一棟棟的樓房就在樹影掩映中微微探頭，這已經不是八七水災那樣的洪流所能威脅的了！不僅是房子和路，房子裡面，路的兩邊，隨時都可以發現新的喜悅，轉彎就有驚喜，他們都那樣自然地存在著。

人們的臉上一直維持著笑容，笑容也要比以前怒放一些，朝興村的人要比從前敢於表達自己了，或者說，個人的面貌已慢慢突出於家族統合的形象之上。我們看見年輕人騎著摩托車迅速來回，他們呼嘯著過來過去，他們已經不種稻了，甚至於可以說他們早就不種田了，種田是沒有速度的，年輕人追求速度，他們喜歡幻化的許多色彩，一望無垠的稻野只是速度下逐漸淡漠下去的兩旁風景而已！

國父，朝興村富庶了，但朝興村也在蛻變中，這些是不是都在原先您的設計圖裡？

您看，這村子的西面，一大片的田原，已經沒有幾處是秧苗了。種菜的種菜，種水果的種水果，他們以化學肥料助長果菜，他們以藥劑消除蟲害，他們懂得數字和統計。——只是他們不懂得運銷，往往臺北一斤十幾元的果菜價格，他們只獲得七、八角或一元的收入。然而，他們仍然種田，他們種果菜不種水稻，吃水果的人要比吃飯的人多呀！所以，這區田，圍個竹籬，那區田，種上了矮樹做疆界，要一眼看到落日，一覽而無遺，似乎並不容易了。

這樣的田園景觀，或許都已不是您和我所熟悉的了。

山腳路東面的山坡地，不知道已開了幾家工廠，織襪工廠是最習見的，還有美術燈裝配廠哩！如果經濟景氣好轉的話，或許會陸續增加的，整面綠色的山坡地是不是終將成爲灰色的工業區？曾經有一座楓樹林在村子的南端，吾生也晚，來不及見識，是不是再過幾年，我們的後代也要來不及見識蒼翠與蓊鬱？來不及見識纍纍與葳蕤？

那時，他們生活在電腦的鍵盤與螢光幕裡。

那又會是一個什麼樣的世界？

文明的腳步爲什麼那麼快？在我剛剛適應了電的世界，我喜歡電話、電燈、冰箱……我試著去喜歡電視、錄影帶……好像才是這一、二十年的事，好像還是昨夜的夢尚未完全醒轉，文明又跨步而過了，朝興村又急起直追了！ 國父，這一切的腳印是不是太過淺薄了？朝興村最後的稻田會不會是中國最後的一條稻香路？

到了村子的南端，那兒有幾座池塘，清晨或黃昏的時刻，有很多人坐在小板凳上靜靜等待魚兒上鉤。他們不僅有魚吃了，而且有了閒暇，他們把所有的注意力集中在一條線上，這一條線的抖動是喜悅的來臨，這一條線不是他們家人生活之所繫，他們有著悠閒的神色，和怡的容顏，他們有充裕的時間享受寧靜。——是不是朝興村未來的形貌都能這樣呢？

會吧！朝興村應該永遠在綠色的懷抱中，永遠寧靜、安詳，這一路望過去仍然是我童年所見的綠意喧呶，中間偶爾間雜進入的樓房，也還在綠色的涵容裡顯得怡然可親。會吧！在鄉人的生活改善之後，可以不要急著往前去踩踏的，中國人一向生活在山水之中，徜徉在田園湖水邊。

你看，那一群跳躍的孩子，他們有整齊的服裝，他們有球鞋，背著書包，這些都是以前我所沒有的，而如今，他們有了。他們更該有綠意盎然的環境，寬廣的心，充滿希望的未來，就像一群芽苗，向天空抽長自己。

而朝興村的天空應該是無限的藍。

親愛的　國父，是不是這樣的朝興村才是您設計圖裡的朝興村？容我引您走進我們喜悅的心，向您頌讚！

——原載一九八五年十一月十一日《聯合報》

——選自《稻香路》（九歌，一九八六年）

# 我們保育你的足下

是不是每個人的心中都有他自己的桃花源？是不是每一個人心中的淨土都會以自己喜愛的色彩去描繪？是不是最初的家園也都必然成爲我們心中永難忘懷的伊甸園？是不是午夜夢迴時你我都一樣不期然而然去叩訪我們曾經呼嘯過的稻香路？日暮鄉關何處是？煙霧迷惘的紅塵臺北，能不能望及我們鄉園的蒼翠？能不能回望我們曾經稚嫩的笑語歡騰？

如果可能，五十了，六十了，我要不要回到我出生的地方定居下來，讓那些看我長大的山林看我衰老，讓那些我曾經依傍過的樹群准我靜靜躺臥在它們的身旁，

彷彿回到母親最初的懷抱，故鄉最原始的子宮。——有什麼不可能的嗎？

我要回去的地方仍然是地球上的一小塊土地，東經一二〇度三十七分四十六秒到一二〇度三十三分二十二秒，北緯二十三度五十二分三十七秒到二十三度五十六分十六秒，這樣的面積，共有三十六點一四四九平方公里，她有名字嗎？當然有，一個平凡、普通的名字，沒有詩情，也乏偉人紀念的深長意義，但它或許留存了一點歷史的遺跡——社頭。「社」表示原住民曾經住過這裡，在明朝的時候，我們稱他們爲「東番」，清朝和日據時代則只稱一個「番」字，不過將漢化較深的稱爲「熟番」，深居內山、未服教化的，就稱爲「生番」，一直到中年，開玩笑的時候，我們還會親暱地拍朋友的肩膀說「生番仔你」，那是毫無惡意的啊！民國二十四年之後，比較日式的稱他們爲「高砂族」，不過，原住民已逐漸移居高山上，一般人習慣說作「高山族」，過了十年，才有「山地同胞」這樣的名詞出現，就像我們稱住居大陸的人爲「大陸同胞」，他們稱我們爲「臺胞」一樣。最近，又改口了，流行以「原住民」相稱，人總是爲名與實而爭執，爲名號而計較。

這裡，我們小時候住居的地方，也曾經是原住民聚集的所在，這裡，如今我們分得清誰是河洛人（福佬人？鶴佬人？）誰又是原住民？

社頭，清朝以來即稱爲「大武郡社」。康熙三十六年（西元一六九七年），郁永河渡海來臺採礦，著有日記體的《裨海紀遊》，其中四月十日與十一日兩天，曾提及夜宿大武郡社的情景，錄之於後，或許可以領會兩百九十年前的社頭居民（原住民）是什麼樣的生活方式：

四月十日

「渡虎尾溪、西螺溪……溪水皆黑水，以臺灣山色皆黑土故也。又三十里至東螺溪，與西螺溪廣正等，而水源湍急過之。轅中牛懼溺，臥而浮，番兒十餘，扶輪以濟，不溺者幾矣！既濟值雨，馳三十里，至大武郡宿，是日所見番人，文身者愈多，耳輪漸大如椀，獨於髮加束，或者三叉，或為雙角，又以雞尾二羽為一翮，插髻上，迎風招颭，以為觀美。」

四月十一日

「行三十里，至半線社，居亭主人揖客頗恭，具饌尤腆；云：過此多石路，車行不易，曷少憩節勞，遂留宿焉。自諸羅至此，所見番婦多白皙妍好者。」

不僅寫了日記，郁永河又作了〈土番竹枝詞〉來形其容，傳其情，達其意：

丫髻三叉似幼童，髮根偏愛繫紅絨。
出門又插文禽尾，陌上飄颻各鬥風。
鏤貝雕螺各盡功，陸離斑駁碧兼紅。
番兒項下重重繞，客至疑過繡領宮。
梨園敞服盡蒙茸，男女無分只尚紅。
或曳朱襦或半臂，土官氣象已從容。
番兒大耳是奇觀，少小都將兩耳環。
截竹塞輪輪漸大，如錢如椀又如盤。

兩三百年前原住民的裝扮依稀可見。如今，他們去到埔里，還是與漢族逐漸合婚而逐漸同俗了呢？

康熙六十一年（西元一七二二年），大興黃叔璥是首任巡臺御史，來臺視察，探求民隱，曾著有《臺灣使槎錄》，其中還以原音錄寫了原住民〈捕鹿歌〉，彌足珍貴，不知研究九族文化的學者能不能從這樣的歌詞探知他們語言的流變：

〈大武郡社捕鹿歌〉　黃叔璥．注釋

覺夫麻熙蠻乙丹　今日歡會飲酒
麻覺音那麻嘈斗六府嗎　明日及早捕鹿
麻熙棉達仔斗描　回到社中
描音那阿隴仔斗六府嗎　人人都要得鹿
斗六府嗎麻力擺鄰隨　將鹿易銀完餉
嗄隨窪頑熙蠻乙　餉完再來會飲

從這樣的一首歌，我在想，三百年前的社頭是怎麼樣的一幅農牧圖呢？這些先民是在今日的八卦山脈追捕鹿隻嗎？這些鹿如今只剩下動物園裡悠閒與人相望而不驚的臺灣鹿嗎？根據我們蕭家的族譜記載，蕭家渡海來臺，到我這代也有三百年了，溯推回去，大約是明朝（一三六八—一六四四）末年來的吧！那麼，黃叔璥〈竹枝詞〉中說的：「**番兒自慣無鞍馬，大武山頭捉野牛。**」會是我的祖先呢？還是原住民的先人？

有鹿在逃，有牛在奔的社頭，會是我熟悉的這塊土地嗎？

在我讀過的這麼多前人記述的大武郡詩作裡，或許只有孫元衡的〈大武觀落日〉才是我也能熟悉的景觀吧！孫元衡是康熙四十二年（西元一七〇三年）的臺防同知，他著有《赤嵌集》，說不定還在大武郡社住過，根據他觀落日這首詩，他曾說落日「當我門」哩！

落日海西界，一輪當我門。
安知大武郡，見此好黃昏。

人定夢初覺，猶餘一線紅。
不諳海上事，誤道是天東。

幼年的時候，我們隨父母在田野裡做一些簡易的農事，最喜歡看那斗大的紅太陽緩緩沉入地平線，那時我們對地平線充滿了好奇與嚮往，總覺得只要往西一直奔馳下去，那紅紅的太陽就可以任我敲響。是的，大武郡是有好黃昏的，不論種的是粳稻，還是油蔴菜籽，一片澄黃的黃稻上，一輪赤赤紅的夕陽，讓我們幼小的心靈可以隨地平線去遐想。人定夢初覺，猶餘一線紅，那一線紅正是我們對未來最美的一種引逗，對社頭家園以外最遠的奢望。

那一片襯托落日的稻野，無邊無際的延伸，往西往南往北彷彿可以直到天邊的感覺，是童年對社頭最深的記憶。如今，我仍然喜歡回到那裡的田埂，只是我長高了，芭樂樹也長高了，檳榔也長高了，本來在山野的果樹一群一群搬到稻田來了，濃密的樹蔭裡，稻之田消失了，地平線消失了，就像三百年前的那些鹿，那些牛，牠們都到哪裡去了？

社頭街市沒有變，街道不曾拓寬，只是一走進巷子，原是稻田的地方如今都是如林而立的四層樓房，種稻子的土地種上了房子，是人增多了，而田減少了，那麼，多出來的房子住了多出來的人，多出來的人他們吃哪裡生出來的米呢？民國四十八年的時候，我們家三代八個人，擁有三分田，民國七十八年的今天，我們家三代十五個人，沒有了三分田，我們仍然天天吃飯，卻不是自己種的稻，其中，到底誰在變魔術？我眞的迷惘。

小時候常去的清水岩，是彰化八景之一，《彰化縣志》（道光版）這樣記載：「許厝寮山，即大武郡山之曲處，清水岩寺在其麓，邱壑林泉，頗饒幽趣，春日尤佳，為邑治八景之一，曰清水春光是也。」

《縣志》第十二卷〈藝文志〉中著錄多首歌詠清水岩的詩，引一首曾作霖的〈清水春光〉以見其餘：

策杖尋春鎮日忙，堨來清水見春光。
山開圖畫天然秀，花隱禪林分外香。

贈客何曾逢驛使，問津應許到漁郎。
此間不是藏春色，蜂蝶如何競過牆？

我常以爲清水岩的美在於古拙無華，十分符合鄉人樸素忠懇的個性，然而，如今卻也豔紅囂雜，炫人耳目了，有了游泳池，也有了遊樂園，年輕人的活力就在這「滴水清心」的勒石旁展現，好像摩托車的引擎肆無忌憚往來於山道上，這是時代的進步，還是禪心的人世化？仍然是沒有答案的迷惘啊！

走在山腳路上，感觸尤多，民國四十八年的八月七日，我正準備進入員林中學接受新生訓練，一場大雨把我們趕回家去，那一夜山洪暴發，滾滾濁流湧進了我們土确疊成的房子，家具漂浮在身邊，豬與我們一起站在飯桌上，稻草屋頂仍然不停地滲漉著雨水。

天亮以後，我們才知道整個鄰莊「山湖村」幾乎被沖毀了，泥沙岩塊下，一挖就是一具屍體，有時，一隻手無聲地在山石堆中呼救，小心翼翼搬開石塊，清理泥漿，卻仍然只是一隻不甘心的手企圖抓住生命。——這就是八七水災，一夜之間死了七十二人，有的屍首在三公里外才被發現，鄉裡唯一的一家棺材行沒有那麼多的棺木，臨時釘裝了木板應急。一場可怕的噩夢，多年後餘悸猶在心中捶擊。

十多年後，溪水沖下來的亂石仍然一副頑劣的樣子，原該是鳳梨、龍眼纍纍的地方，纍纍的卻是不規則的岩塊，傷心的手不願去翻尋昔日的果香，悲痛的心不忍再去看一眼亡魂飛散的石崗，十多年，只要經過許厝寮，心中就是一陣抽痛，餘悸猶在捶擊。

不過，慢慢的，有人去整理山園了，山上的堤防築造起來了，石頭撿拾一堆，砌成了園圍，泥土又露出來了，鳳梨、釋迦、龍眼又恢復春天翠綠，夏天黃熟。還有人蓋了養雞場，織襪的工廠，兩層的樓房也起造起來，生機逐漸勃然，人氣又凝聚在一起。我看見果園成爲荒原石堆，我也看見石堆裡撥出了土地，鑽出了林木，結出了果實，綻出了微笑。這就是社頭人的韌力嗎？這個答案卻又是這樣肯定，這樣具體。

七十年代以後，只要走過山腳路，幾步路就會有一幢樓房，亮著燈光，就會有一間廠房，響著馬達，八七水災的陰霾不會再來，再來的只有更多的水泥圍成的家園，更多的機器針織一打一打的襪子。

住社頭四十年了，沒有人清清楚楚知道織襪工廠有幾百家，從兩架機器到百架機器，什麼樣的休閒襪、紳士襪、褲襪，都有人織造。在社頭，沒聽說有誰需要買襪子，也許是鄰居，也許是親友，一送就是六雙，穿壞了再拿。不過，除了好大好大的名廠，我眞的不知道幾百家的製襪場都分布在哪裡，走過任何一條巷子，聽不到什麼機器轉動的聲音，探頭一看卻有可能臺北人穿的名牌襪子就從這家一針一線綴連起來的。

你知道華貴牌嗎？那已經有數十年歷史了。

你知道雨傘牌嗎？那可是我外甥加工織造的啊！

在臺灣，如果說有十雙襪子，不管男用女用，起碼有八雙是社頭人織造的，雖嫌誇張，卻也不會太離譜，而且，我們還外銷世界各地哩！

我們種田，我們也織襪。

我們保育你足下的土地，我們也保育你的足下。

從三百年前捕鹿的社頭人，經過種稻、種水果，到織襪的社頭人，是由游牧、農業到工商業的歷程嗎？這是近四十年臺灣各地的縮影嗎？然則，社頭人又有什麼變化？僅有的一家電影院，曾經演過轟動一時的使脫麗脯，早在幾年前就歇業了，養你的眼於一時，可能傷你的神於多日，不如護你的腳一年半載，可能使你行萬里的路。電影院早就改成織襪廠，正是要保育你的腳，可以溫暖，可以舒適。

變化不多的家園，我們永遠不陌生。曾經深愛的故鄉，我們永遠不陌生。

如果你南下，經過有名的員林，請稍稍留神，一個不起眼的小鄉城就要在你面前出現了，她一直關心你，保育你，一直從最卑微的足下開始。

那裡雖然不是武陵人的桃花源，卻是謙卑地織造人間的溫暖與喜悅的襪之鄉，讓我們一起低下頭，看一眼棉襪，想一下純樸，不管你要行多少萬里路，都從舒適的足下開始。

——選自《忘憂草》（九歌，一九九二年）

# 路總是交叉在最顫人心弦的那一點

生命的源頭不一定是路的出發處，就像生命的結束不全然是路的盡頭。不過，我們也都清楚：最動人的花葉總是綻放在路的兩邊，終極的理想，或許在河的那一岸。因此，路一直在延伸，在拓寬；路，一直在。

剛剛知道走出童稚生命的巷口，「山腳路」就迤邐在我的面前了。

什麼時候開始有這條縱貫彰化縣境的路，從彰化市一直到濁水溪，沿著八卦山麓奔竄而去？

在我們還不知道路是怎麼走來的時候，路已經鋪展在我們的面前了！甚至於爸爸也不知道：路，到底有多長？到底有多老？是不是比曾祖父還老？

路，像不像是生命中那一條維生的臍帶？只是不管多老，我們總是拉著這條路走向另一條路，又拉著這一條路走向另一條，卻是不能切摘的臍帶。

路會走向哪裡呢？

臍帶又會去哪樣的子宮輪來生存的依據？在我們來不及知道的時候，山腳路已經默默在滋養著我們了。

山，可能多老呢！路，又多老呢？

不過我們知道路旁的樹好高好高，好老好老，我們叫它「麻黃」，長大以後我們稱它爲「木麻黃」，那時，我們要兩個人才能合抱一棵木麻黃，合抱木麻黃只是好玩，木麻黃的樹皮粗糙、多纖維，摸起來很不舒服，爬起來更不方便，抱著會扎人的樹幹往上爬，其實也不怎麼愉快，通常是爲了逞英雄而已，逞英雄也逞不了多久，那樣粗壯的樹幹有二層樓那麼高，其間沒有分叉的枝椏，誰能有那麼大的耐力、那麼大的興趣，忍受樹皮與人皮的摩擦呢？

麻黃子有趣多了。麻黃子很輕，拇指般大，可以當武器，你攻我守，相互投擲；可以當玩具，丟高丟遠，任憑心情好或惡劣來決定遠近和輕重。木麻黃的葉子很細，針一般的細，可以拉斷再接合，看不出榫接的痕跡。等距的四棵木麻黃，四個人各據一方，互換位置，第五個人伺機攻占其中的一棵樹幹，這樣的遊戲輪替著玩，四、五個堂兄弟，七、八個同學，總是一群一群，呼嘯著來，呼嘯著去。如今這些小孩童都到哪裡去了？那些木麻黃又為什麼不再挺立路的兩旁？

汽車來了，電視機來了，從路的那一頭來了！

汽車來了，所以木麻黃走了；木麻黃走了，所以路寬了；路寬了，所以汽車來了。山腳路不再是小孩子戲耍的遊樂場了。小孩子都到哪裡去了？他們都聚集在每一個家庭的電視機前去了。沒有電視機的時代，我們在稻埕上、山腳路邊吆喝，過群居追逐的日子；全村只有一架電視機的時代，我們仍然圍坐在一起，喝主人供應的綠豆湯、冬瓜茶，大家七嘴八舌討論劇情；每一家都有一架電視機的時代，我們靜靜地看電視，沒有交通，也沒有交情！

山腳路鋪上了柏油，比舊時的石子路寬了兩倍，以前三、四十分鐘才有一輛彰化客運的車子大搖大擺駛過來，如今每一分鐘都可能有車子呼嘯著來呼嘯著去，過馬路總要戰戰兢兢，呼嘯來去的不再是孩童的笑聲了。

不變的或許只有路兩旁的樹，龍眼、香蕉、檳榔、芭樂，然而，掩映其中卻不再是灰黑的本島瓦、理想瓦，而是一幢幢三樓四樓的樓廈，允許不同的瓷磚鑲飾他們的外牆。城裡的人有什麼，他們也有什麼，城裡的人吃什麼，他們也吃什麼——城裡的人卻沒有他們所擁有的那許多綠。

沿著山腳路奔馳而去，好像山溪奔向河流，山腳路交叉著員集路——員林到集集的路，兩線車道的路走向郊外成爲六線車道，那眞的就像是一條大河，水聲咻咻，從來沒有停歇的時候，我已無法想像騎腳踏車賣力迎向北風的英姿了！

我站在山腳路與員集路交叉的這一點，目眩神馳，山腳路隱隱約約還可以通向我的過去，員集路卻義無反顧奔向我的未來，我找不到一點靑少年憨厚的昔日影像。從員集路望向山腳路，山腳路瘦成了一條巷子，一根弦，只能在懷舊的心園輕顫。

——選自《忘憂草》（九歌，一九九二年）

# 飆

御風而行，泠然善也。這是列子和你我都嚮往的境界。駕著風——那無形的、天堂與人間的浪遊者——在廣大的空中任我們無止境的翱翔，那會是一種什麼樣的滋味？在我們心中，自古以來人類夢想著的不正是這樣的御風而行的滋味嗎？

小時候，我們的心底都鋪著一大片平廣的稻野，隨時散發著稻香，迤邐到天邊猶未已，那時，我們的心底也一樣有一大片純淨的天空，任風恣意往來而不禁。我們喜歡靜靜躺在田野裡，山坡上，不爲什麼地看著雲隨風飄，我們喜歡雲的倏忽，其實是我們自擬爲風一樣的瀟灑，風一樣的漂泊；那是自在自如的象徵，小時候，

我們就嚮往著風，風一樣的流，雲一樣的飄。

那時候，我們剛剛學會騎腳踏車——我們時興說鐵馬——我們期求奔馳的樂趣，如馬一樣馳騁而去。那時候，我們剛剛看過《月光反面》的電影，他是一位俠士，風馳電掣，在月光出現的時候他出現，騎著一輛摩托車，在黑暗裡隱隱的月光下留下一線白，啊！那是正義的飆車客，摩托車時代的李麥克，爲打擊犯罪，一路切風而去，在月光下留下S形的霹靂。那時候，我們剛剛學會騎鐵馬，也一路切風而去。

風在我們的頰邊，田野在我們的兩旁，正義在我們這一邊，只是敵人不知道在哪裡，我們一路切風而去。

我們眞的感覺風鼓鼓的在袖子裡、在後背上，著著實實的正義脹滿我們的胸懷，我們是一片迎風的船帆。

迎向多風多浪的人生。

後來，碎石子的路鋪上了柏油，柏油的路拓寬成爲四線道，四線道的路拉直成爲可以飆車的大度路、彰興路、屏鵝公路。腳踏車也裝上了馬達，連赤兔也追趕不及。

眞正的飆車客出現了！

你，你在風裡。

你的衣袂飄飄，迎著風訕笑。

雷厲風飛已經無法捉摸你，電光石火或許還差強人意可以追蹤你，你像一粒流星，在我們還沒有來得及許願的時候，已經殞逝在天的另一邊，無蹤無影。然後，另一顆流星，劃過天際，也無蹤跡，也無聲息。

這時，月光呢？月光在哪裡？

我眞的了解御風而行的那種樂趣，追求速度的那種快感，我眞的喜歡切風而去，直直駛入風的最深處，與風合成一陣嘯聲，訕笑紅塵世間，毫無顧忌。

浩浩乎如馮虛御風而不知其所止！

飄飄乎如遺世獨立，羽化而登仙！

我們愛極了蘇東坡，泠然而善的不就是因爲這兩句嗎？

我們要的正是那種浩浩乎的感覺，飄飄然的心。

只是不知道，你注意到了沒有？馮虛御風，是應該不知其所止的，哪裡是天之涯？哪裡是海之角？我要一逕迎風前去，不止於天涯海角。

你注意到了嗎？飄飄欲仙的那種感覺是要遺世而獨立的，天地間唯我頂立，唯我縱橫，唯我來去自如。

眞正的飆車客啊！我看見你，你在風裡，衣袂飄飄，迎著風訕笑，我喜歡你那樣英挺的玉樹，神采煥發，臨風訕笑那可笑的塵俗。

可是爲什麼，爲什麼你要在起跑線上等候人家發號施令？爲什麼你有一定的距離，不是天涯海角也不能拘限你嗎？地平線在遠遠的天邊引逗你啊！何以只將眼光停留在被劃定的終點那一線？

而且，飄飄然的感覺在哪裡呢？一大群機車一起在呼嘯，一大群黑壓壓的人潮在洶湧，飆車客啊！不能遺世不能獨立，蓄勢待發的你，會不會想起鬥雞場上的公雞，賽馬場裡的奔馬？

你，淪爲人家賭博的籌碼而不知嗎？

鬥雞場上鬥敗的公雞，頭破血流，是沒有人憐惜的，一陣急躁的救護車聲音過去以後，人們的眼睛又注意另一堆撲撲的雞群了。

如墨的夜色裡，四周都是沒有表情的人臉，來往的車燈好像巨獸的眼，憤怒而充血。

這時，月光呢？月光在哪裡？

我是說：那眞正的飆車客，爲正義而奔波的「月光反面」去了哪裡？

據說，爲了飆車，爲了追求速度，許多人連生命都逸出了軌道，摔落在瀝青的溝渠外，不知有多少年紀輕輕的生命就在救護車的警聲裡逐漸消失，甚至於當場將腦漿塗抹在地上，在高速中戛然而止。

他們都不是爲了正義，不是爲了公理。

他們甚至於不是爲了泠然而善、御風而行。他們不是愛「風」的人，不是要與天地間飄然來去的浪遊者交遊。

而你，蕭蕭而來，颯颯而去，追逐風、追逐地平線的飆車客，要記得天地是那麼的寬廣，奔馳而過的風景都有值得你停車暫借問的情采，生命還有更多可以奔馳的空間，不要將自己限定在兩線之間。放緩速度，仍然會有御風追逐的逍遙。

逍遙，才是飆車客心情的舒放啊！

——原載一九八七年八月五日《聯合報．副刊》

——選自《忘憂草》（九歌，一九九二年）

# 心情的顏色

## ——寫給朝興國小的小學弟小學妹

十二月裡，霧最濃的那一個禮拜天清晨，蜘蛛網上的露珠依然晶瑩，空氣中迷路的水分子依然沁涼，我循著四十年來再熟悉不過的社石路，又回到我少年的夢的故鄉。

濛濛的霧氣，把十公尺以外的花樹、圍牆、教室，都渲染成夢境，容許我又恢復爲十歲的年紀，輕悄悄地在霧裡任心馳騁，喊叫。

柳老師、任老師、蕭如意、邱月霜……一個個小學時代的師友都在眼前清晰起來。

那時，我們都赤著腳，即使是寒冷的冬天也很少有人有鞋襪可穿，在簡單的衣物裡，我們都有一顆堅毅的心，由簡單的鉛筆與橡皮擦的爭戰中，我們尋求上進的路。當然，我們也從簡單的學校器材中遊戲、玩樂，增進師生間一份濃濃的情誼。直到今天，同學之間還保持著聯繫，三十多年了，老師還能叫出我們的名字，純樸的朝興村孕育了這份情緣。眞的，在逐漸淡漠的工商社會，這份情緣，彌足珍惜。

如果說一個人的個性大多取決於他的童年生活，那麼，在朝興國小的日子很可能影響了我的一生。

我們的學校在八卦山麓，往東，山的堅毅挺拔，形成我的脊梁，往西，田的廣漠開展，形成我的胸襟。稻香令人欣喜，稻芒卻使人煩躁。從小我知道物之有得必有失，人之有善必有惡，就因爲「稻」這個字，而稻穗越成熟越低垂，不是也啟發了我謙卑的重要嗎？狂風暴雨來的時候，農作物不一定被摧毀——這一生，我之所以從未對任何事物失去信心，或許就是看多了風雨過去之後依然蒼翠的稻株。狂風暴雨來的時候，農夫一定冒著寒、冒著險，不會休息——這一生，我之所以知道迎向挑戰，面對問題，那要感謝風雨中堅持奔赴現場的父執輩農夫！一陣洪水來，稻田淹沒了，操場不見了，農夫認命。不認命又能如何？農夫認命但不認輸，我，也認命，也一樣不認輸。

我朋友說：眞高興臺灣有個地方叫「朝興村」。我問他爲什麼，他說：有「朝興村」才可能有「蕭蕭」。

我說：「朝興村」只有一個，「蕭蕭」卻可能不止一個。

當霧漸漸散的時候，南方的天空有著水洗過的藍，很純很純的藍，少年的夢中，心情的顏色，我喜歡的天空。

——選自《忘憂草》（九歌，一九九二年）

# 蝦、龜、掃

我的朋友履彊正在設計一種文化藥包，希望針對各種社會不良的現象，提出有益的處方。這讓我想起二十世紀四、五十年代以後流行在臺灣的「藥包」服務。

當時醫院不多，藥房也少，一個鄉鎮難得有一家醫院、幾間藥房，而且，大都集中在街上。走個四、五里路，「去給醫生看」，對一個貧窮時代的農夫來說，是一件十分奢侈的事，非到不得已，不會上藥房拿藥，不會到醫院給醫生看。因此，當時有一種藥包服務業，每家每戶寄存一個大藥包，裡面有四包感冒藥、四包肚腹疼痛的藥、四包咳嗽藥、一瓶征露丸、一盒萬金油、一罐紅藥水，大約等於一個家

庭隨時必備的急救醫藥箱。過一、兩個月，服務人員會來添補藥包，換新內容，這時，再依各個家庭不同的使用情況付費，如果大人不在，他也會叫小孩拿藥包來，補齊一定的數量，費用下次再收，他並不急著要。以現在的話來說，這叫服務到家，先使用後付費，很正確的服務觀念。

我們的父執輩大都不識字，每次要吃藥，就拿著藥包要我找藥給他們吃。有一天黃昏，隔壁的金童叔拿著吃過的小藥包跑來問我：「阿順，阿順，這是不是吃咳嗽的？」他說他今天咳得太厲害，不能等我放學了再找藥給他吃。我拿過藥包一看，沒錯，就是這種：「你怎麼知道是這包藥呢？」

「你看，上面不是畫著一尾蝦子、一隻龜、一枝掃帚嗎？我想這就是『蝦龜掃』，應該就是吃咳嗽的藥啊！」

以前我都只看字，不曾仔細看藥包上的圖畫。果然上面畫著蝦、龜、掃帚三個圖，正是臺灣話「嗄龜嗽」（氣喘病）的諧音。再看看其他感冒、胃痛的藥，也都以圖示意，讓不識字的人也能揣摩圖畫上的意義，辨識藥品。能這樣爲別人設想的人，我相信他就是聖人。

識字的爲不識字的人著想，健康的爲傷殘的人著想，能這樣爲別人設想的人，我相信還有很多。

——原載一九九二年四月三十日《臺灣新生報》

——選自《在尊貴的窗口讀信》（九歌，一九九三年）

# 惜字亭

臺灣有幾個小鄉鎮頗有各自的特色，很值得我們去拜訪，鹿港古城古廟，淡水暮色，三義木雕；如果要了解客家風情，北部的龍潭，南部的美濃，都有濃郁的情味，不會空手而回。

龍潭、美濃，我都去過，一進入客家莊，自然就會有一種特殊的感覺，也許因爲我是河洛人，河洛人的文化從大陸北方就開始起源，吸收，經過中原而到達江南、海濱，不斷融合、轉化，終於東渡來臺，又碰上武士櫻花、歐風美雨的衝激，大陸文化與海洋文化相互進占退守，形成相當特殊的景觀，但也因爲日常往來大都

是閩南人物，對於河洛人的個性、文化，也就習以爲常了，因此，一進入保守固有文化的客家莊，確實就會有一種異乎平常的感覺。那是一種什麼樣的感覺呢？其實也說不上來，勉強分析，或許是既勤又儉的拙樸生活方式吧！

就一個讀書人而言，讓我印象最深刻的則是「惜字亭」（聖蹟亭），客家社會普遍都有敬惜字紙的習慣，即使是寫壞了的字紙，也不是垃圾，不可以隨意丟棄在垃圾桶裡，應該仔細存放，隔一段時間再送到惜字亭焚化。能敬字惜紙的人，自然也會尊重讀書人，尊重文化，這或許也是客家文化在衆多外來文化沖刷之下，還能保存自家面貌的主要原因吧！

我幾度徘徊惜字亭前，想到臺灣識字的人越來越多，學歷高的人也越來越多，但眞正買書、讀書的人口，卻仍然與日本相差四十倍，不禁唏噓不已！

其實，河洛人也很尊敬書，小時候，祖母不許我們亂丟書本，書本不可以放在地上、椅子上，更不能拿來墊東西，當然，坐在書本上，那更不敬了，我祖母說：「書裡面有孔子公！」

這樣尊敬字紙、尊敬書的臺灣人，應該也能因爲愛書而贏得世界的尊敬才對。

——原載一九九二年四月三十日《臺灣新生報》

——選自《在尊貴的窗口讀信》（九歌，一九九三年）

# 我惦念的光

搭著朋友開的轎車，在夜色中從南部直奔臺北，兩旁的景物已無從辨識，如果是疏疏落落的千百個白色光點，那或許是市鎮聚落，若是千萬個彩色光點，可能是繁華的都城，它們都靜悄悄地在玻璃窗外，以時速一百一十公里的速度消逝在我的眼簾，好像報紙上的許多黑字經過了我的眼又成爲舊報紙上的黑字。

不過，過了濁水溪以後的那許多光點彷彿都成爲會說話的眼睛，一眨一眨，每個燈光都期待我與它們對談、共話，話話桑麻、談談心事，而我還來不及整理心緒，一眨一眨，又是新的光點來到，一眨一眨，大肚溪的水流聲淺淺地好像在說：

彰化、彰化。

彰化已經過去了，我的心緒還激盪不定。

我想起彰化籍的政治人物，他們是不是也像夜空裡的光點，這裡閃爍，那裡閃爍，總是引起彰化人的注目，他們給我們光，是不是也給我們溫熱？一過濁水溪就是二水，二水的東閔仙，溫厚的長者，我在臺北的官邸見過他，他跟我提到求學時期翻譯日文賺取生活費的往事，對於日後我不懈筆耕，或許也有正面的鼓舞作用，他是一個大中國文化的信奉者，但是對於二水小小的家鄉卻也有細心的照顧。到了溪州，養豬立委黃順興純樸而堅毅的臉，就在我眼前逐漸清晰起來，我曾幾度到他養豬的家園去，他跟一般的養豬農夫沒有兩樣，捲著褲管提著飼料往來於不時發出酸臭味的豬圈間，而大門口外總有一輛黑色的轎車停放著，那是警總（而今安在哉？——吾友阿盛問的）的車子，片刻不離隨著黃立委跑。我最記得他的競選海報：三鋤頭兩畚箕——乾淨俐落，有農夫的豪情和信心，這是我敬佩的立委，如今他在大陸，多少仍關心著我們共同的家鄉——臺灣。

車子很快就到了彰化、鹿港交流道，和美的姚嘉文溫文儒雅的形象，好像一個巨大的光點在我眼前閃亮！今年夏天，我參加《文學的彰化》出版座談會，聽他侃侃而談，宛若懸河，不像一般的政客只會說些冠冕堂皇的應酬話，只會依著幕僚人員撰好的稿子宣讀；一個好律師，會有好口才，原是不足爲奇的事，陳水扁、謝長廷在立法院的表現就可以看出來，不過，如果所談的內容是文學、是文化、是藝術，還能深刻而有條理地暢述己見，放眼當今朝野政壇，還眞的不容易再指出第二位來。記得當時他在主席臺上，就坐在彰化最重要的兩位大詩人林亨泰與吳晟旁邊，隨口朗誦他高中時的詩作：「**誰說赤裸裸的來，赤裸裸的去？我們來時帶了一個夢，去時將帶一身灰塵。**」令人贊賞不已。

其實，一部《臺灣七色記》的長篇小說，就已夠歷史學者與文學評論家大費心神了！

最重要的，姚嘉文會與謝東閔、黃順興不同，謝先生早年留學大陸再回臺灣，黃先生晚年居留大陸，姚嘉文卻是一個永遠爲臺灣辯護的人，他早就應該是臺灣上空閃亮的一顆星，甚至於是國際政治舞臺上響亮的一聲雷！

車過彰化，那些閃著白光、黃光的光點一直在我腦海的夜幕上亮著，那是我惦念的光。

因爲惦念那樣的光，我知道我們都會努力：永遠爲臺灣辯護！

——原載一九九二年十月一日《關懷雜誌》

——選自《在尊貴的窗口讀信》（九歌，一九九三年）

# 跟樹站在一起抵抗風

我們無法阻止風去搖撼樹，但我們應該可以跟樹站在一起，靠著樹，抱著樹，與樹一起抵抗風。

不知道從什麼時候開始，我發覺爸爸遲緩了，言語遲緩了，思慮遲緩了，舉手投足都遲緩了！臺灣最後一代農夫，上山下田，熬過多少寒霜，挑過多少重擔，如今卻連步履也遲緩了！曾經胸膛像一座山，兩隻手是最有力的箝子，皮膚堅韌、光滑、油亮，蚊子也無法停落，如今，孫子都已讀大學了，卻偶爾還問什麼時候讀初中！

盡一切的努力，我無法阻止父親衰老，就像任誰也無法阻止風去搖撼樹。

風啊！你可以不去搖撼我爸爸啊！

然而，樹欲靜而風不止！我跟太太說，這句話我們都懂，但不可以讓它成爲我們生命中的遺憾。

從那時候開始，我決定每個月回去一趟，而且聯絡住吳興街的姐姐、住桃園的弟弟妹妹，排出一個順序，每家人每個月都要回鄉下一次，我第一週，姐姐第二週，弟弟妹妹輪流下去，這樣，在中部的父母每週都有人回家跟他們團聚。如果，時間排不開，兩家人在同一天返鄉，那更熱鬧了，再加上就在社頭附近的二弟家人，每個禮拜天，老家的房子又恢復了生氣，爸爸看起來，神情愉悅多了！

回家去，其實也沒什麼事，聽爸爸說一些親情五十的事，拍拍他的肩膀，扶扶他，有時候也消遣他，讓他尷尬地呵呵笑幾回，中午帶他去清水岩蕭老師那兒吃吃狗尾雞，告訴他下個禮拜誰會回來，讓他算日子期待，遠一點，陪他去田尾公路花園看看花，就是這些事而已，這些，不就是事嗎？

重要的是，不管多忙，我們一定每個月回去一趟，姐姐這樣，弟弟妹妹也這樣，夏天這樣，冬天也這樣。

那時，爸爸的腦血管是不是就有些輕微梗塞呢？否則，爲什麼步履有些遲緩？後來，眞的中風了，臥病在床，一棵我生命中巨大的樹就這樣倒下來了！我們兄弟花更長的時間陪他、拍他、拉他，都無法喚回他的意識，最後的幾個鐘頭，我牽著他的手，他的手任我撫摩、搖撼、拍打，什麼也不說，只是將一絲絲冷意沁入我心底，越來越冰凍。一絲絲的冷意從心中慢慢漫衍我全身，我感知爸爸的生命就這樣一點一點離我而去，心中的悲痛默默湧漲，無聲無息，湧漲起來。

子欲養而親不待了！即使放聲痛哭也不等了！

唯一可以寬慰的，也許是最後的幾年，我們曾經與親愛的爸爸站在一起抵抗風。

——原載一九九三年四月十六日《中央日報》

——選自《在尊貴的窗口讀信》（九歌，一九九三年）

# 回不去的文曲星

有些人難過的時候，會跑去一個屬於自己的秘密小天地放聲痛哭，有些人會找到可以倨靠的肩膀或胸膛，有些人依賴忙、累或者酒，而我不是，我唯一可以傾訴的對象是暗夜中不發一語的星星。

從小我就喜歡躺在田野、草地、山坡上，白天看雲，夜晚與星星對話，而且任風在我身邊翻滚、摩挲。尤其心中委屈的時候，靜而無邊的黑夜是我流淚最好的掩飾，我任淚水在我臉上無聲翻滚、摩挲、墜落。我的眼睛一眨一眨，天上的星星一閃一閃，這個時刻，我相信星星與我有波相會相映，相知相許，這時我臉上的淚映

著星光，逐漸透明——稀釋——清澈——晞乾，心中好多的話，彷彿都一句一句，向星星說了，可以說的、不可以說的，都一字一字向星星說了！

星星晶亮、清澈，唯一可以跟我的心相比，唯一可以了解我黑馬一般驍驁的就是星星，心一樣的清且明而微微發光。

將來——那時我想——我可以更接近星星，我要擦亮更多星星的眼睛，我揉了又揉自己的眼睛，我覺得星星就是天神的眼睛，要盯矚我一輩子，要看著我的眼睛發光發亮，不流眼淚。

讀了一些古典小說以後，沒來由的，特別喜歡文曲星，我深信自己是文曲星下凡，只是，哪一顆才是文曲星呢？哪一顆才是我的命星呢？對面屋角上的那一顆嗎？如果她黯淡了些，我也跟著黯淡了些；如果她亮了起來，我的心也跟著亮了起來，而夜更深一些，文曲星就更亮了一些！

最怕的是，看見流星，流對彼邊去，——那是一個生命的殞落嗎？即使是不認識的生命殞落，也讓我著實心慌，生命都會這樣殞落嗎？像花一樣凋零？

那時，我單純地想望：永遠可以看見星星在天上閃亮！永遠星星不要墜落！是不是那時我就有預言的能力？爲什麼如今疏疏落落，就這樣三五顆！爲什麼烏陰烏陰的天再也看不到滿天的星？誰能告訴我，我是不是那回不去的文曲星？我那數不完的同伴如今又下到哪樣的凡間去？

——原載一九九三年四月二十九日《中國時報》

——選自《在尊貴的窗口讀信》（九歌，一九九三年）

# 回憶狗尾草

「狗尾雞」在臺北剛剛推出的時候，街上很多人在爭辯：到底是「狗尾雞」還是「雞尾狗」？臺灣文字的走向可以左行、也可以右行，所以就有許多迴旋的空間，譬如《感性蕭蕭》的書名，就有許多朋友喜歡唸成《蕭蕭性感》，他們就喜歡「性感」之動人，不管「感性」是否引人，不管面對的是哥哥蕭蕭、還是妹妹蕭薔、或是侄女蕭瀟，我亦無可如何。何況，修辭學裡還有「回文」一格，「過秦論」一看就知道是在「論秦過」，「高跟鞋」不必看就知道是「鞋跟高」。那，「狗尾雞」到底是「狗尾雞」還是「雞尾狗」？卻不是一時可以解決。不過還是有人腦筋轉得

快，臺灣禁止屠狗，所以不可能是「雞尾狗」，當然應該是「狗尾雞」。有人腦筋轉得更快，他說：「有雞尾酒，就可能有雞尾狗。」好像有一些道理出來了。有人的腦筋也跟著轉起來了：

「對對，雞尾酒裡不一定有雞尾啊！」

「熱狗也不是狗啊！」

「長頸鹿美語中心也不會有長頸鹿在教美語啊！」

那，到底是「狗尾雞」還是「雞尾狗」？

問題還在於：「苦瓜雞」，我們知道它是苦瓜與雞合燉的一道菜；「鳳梨雞」，望文生義，自是鳳梨的酸酸甜甜加上雞肉的滑滑嫩嫩而形成；「狗尾雞」（或者雞尾狗）呢？什麼樣的狗尾加上什麼樣的雞（或者什麼樣的雞尾加上什麼樣的狗）？——雞跟狗，一直是不會兩離的，有人「嫁雞隨雞」，有人「嫁狗隨狗」；有人「一人得道，雞犬升天」，有人就有辦法使人「雞犬不寧」、「雞飛狗跳」，有人沒辦法只好成爲「雞鳴狗盜」之徒。那，「狗尾雞」呢？

後來，有人推出「九尾雞」——「九尾雞」是「狗尾雞」嗎？或者是另一種新的料理？或者，「九尾」是地名，就像「九份芋圓」的九份是令人懷舊的黃金小鎮，「九尾」會不會也是一個待人發掘的觀光新景點？曾經有外國人看見「九份芋圓二十元」之後，興奮地付了二十元拿了一份芋圓還待在原地等待另外的八份，會不會將來也有人吃著一鍋九尾雞，卻努力找尋他心中想像的九個雞尾椎（雞尾椎，國語有一個跟詩集一樣美的名字：七里香）？雞，如果眞有九尾，不該葬入人類的肚腹，應該圍起帳篷，賣門票，成爲觀光新景點。然而，「九尾雞」有幸成爲觀光新景點嗎？

論辯再多，不如實際付諸行動。

有一天我們眞的走入寫著「九尾雞」的山野小店，叫來一鍋熱騰騰的「九尾雞」，我怕燙，舀了一小碗湯讓它涼，大家唏哩呼嚕啃著雞肉的時候，我吹拂著熱湯，輕輕啜了一小口，眼眶熱了起來，這是我三十年前就熟悉的滋味，三十年來一直找尋不到的滋味，我輕輕說了一聲：「我吃過。」眼眶更熱。

朋友說，什麼時候你自己偷偷來過？

我，應該是十歲的時候就吃過。

怎麼可能？不是這幾年才出現的嗎？

「九尾雞」是錯誤的，應該是「狗尾雞」，秋天時這種草結穗，穗形像狗尾，所以大家稱它為「狗尾草」。臺灣話「九」與「狗」同音，不認識「狗尾草」的人就寫成「九尾雞」了。

回家以後，我查了辭典：「狗尾草，一名莠，禾本科，一年生草本，高一二尺，分生小枝，莖、葉、穗均似粟而小，有芒，綠色。結實形似稗，可食，穗形似狗尾，故名。」不過，我們吃的是它的莖、根部，將狗尾草的莖、根部洗淨曬乾，祖母拿它煮湯，湯裡放一小塊豬肉，我們叫做「狗尾仔湯」，小時候我怕草根的澀味，卻又貪嗜那一小塊豬肉，總是一口氣把湯喝完，再慢慢細嚼肉片。那時，我們家的餐桌上永遠只有三道菜：醬筍、蘿蔔乾、空心菜，一年三百六十五天難得有幾餐有魚有肉。魚與肉，是我們心中最大的想望。因此，這樣的一碗「狗尾仔湯」，那是多大的奢侈啊！只是，高二那年，祖母過世，我就再也沒喝過「狗尾仔湯」，那樣的滋味記憶竟是祖母愛的牽繫，我知道，在那樣貧困的年代，貧窮的人家也有愛，貧窮人家也有貧窮人家「愛」的進補方式。「狗尾仔湯」，在淡出記憶的都城卻因爲「狗尾雞」而甦醒。

《本草綱目》說：「莠，草秀而不實，故字從秀；穗形象狗尾，故俗名狗尾。其莖治目痛，故方士稱爲光明草，阿羅漢草。」孔子說：「惡似而非者，惡莠，恐其亂苗也。」李時珍證明：「惡莠之亂苗，即此也。」狗尾草就是孔子所惡的莠草，卻是貧窮人家滋補的食品，貧賤家庭「愛」的人蔘。大地生養萬物，到底依據什麼邏輯，或許不是我們所能領會，我們所能領會的也許只是一代一代傳承的親情，富貴人家的人蔘，貧賤家庭的狗尾草，都是愛的發光體，都是愛的滋味永遠的記憶。

任何食物，因爲有愛，所以才有滋味。

狗尾草苦澀，因爲祖母的巧心與愛，才有了溫潤的甘美，芬芳的記憶。因爲跟愛有了聯繫才有了眞正難以忘懷的滋味。

——本篇與《詩話禪．禪意狗尾草》為姊妹作

——選自《詩話禪》（健行文化，二〇〇三年）

# 八卦山下的自然童玩

## 身體是第一樣遊戲載體

童年的記憶是所有記憶中最深長的，不只是因爲它在我們的生命史中，最早所以最深長。除此之外，應該還有其他的原因，否則，一個七十、八十的老大人會忘記你剛剛跟他再三交代的話，爲什麼卻對少年時代的事原原本本記得一清二楚？是因爲那是空白紙上最早的印記，還是因爲那是最單純的生活實錄，沒有功利思想的遊戲載體？

遊戲，是最早也是最好的模仿學習。扮家家酒，是模仿大人居家生活的進退禮儀，學習倫理；削刻番石榴樹的枝柯，成爲完美的陀螺，不就是雕刻才藝的傳承？跳繩，何時進，何時退，不就是人生舞臺上常要扮演的藝術？誰人拉，誰人跳，誰是主，誰是從，不就是政治舞臺常見的戲碼？

千萬不可忽略，人與生俱來的遊戲本能，更不可忽略，遊戲所帶來的生活機能。

民國三〇年代、四〇年代，自來水、電、瓦斯，普及率不到一成的年代。可以想像，水要從井中汲取的辛苦模樣嗎？沒有電，也就沒有收音機、電視、電影、電腦，那又是什麼樣的生活面貌？瓦斯不來，如何生火；不能生火，如何生活？

因爲：那時候的路是泥巴路、碎石子路，那時候的房子是稻草屋頂、黏土牆壁、竹編門板，腳下踩的依然是堅實的泥巴地。所以，那時候的父母會有閒錢、會有餘力，爲自己的孩子買玩具嗎？

孩子的玩具從哪裡來？

孩子的第一個玩具，通常是自己的身體，不用花錢，隨身攜帶，隨時可用，既可娛樂自己，又可娛樂別人。

## 口腔是最原始的樂器

鄉下沒錢人家的小孩，第一個玩具是口腔，可以哭、可以笑的口腔，玩起來隨心所欲。哭、嚎啕大哭、哭得驚天動地、哭得 Do Re Mi Fa So La Si 有了不同的腔調，就是沒人理你，因爲大人都在忙農事、忙家事，可是，就在這時，孩子發現了自己可以控制聲音的大小、長短、高低，玩了起來。笑，亦然。讀到高中時，我同學已經發展出三十六種笑聲，隨時展現不同共鳴位置的不同笑聲，取悅大家。

口腔期玩具，時間拉得很長，我叔叔到了四、五十歲，晚飯後一定大聲吹著口哨，傳播最新的流行歌曲。今天所有我會跟著人家哼的臺語歌曲，就是從他的口哨聲熟悉了旋律。當然，所有的鄰居小孩、子侄輩，沒有一個不是跟著學習從嘴裡發出聲音，即使零碎，還是可聽的音符。像我，可以一面保持微笑，一面吹著口哨，常讓同行的朋友一直回頭尋找：歌聲到底從哪裡來？因爲，他自己肯定沒吹口哨，而我臉上保持著微笑。

模仿狗叫聲、雞叫聲、汽車聲、火車聲的口技，雖然不是每個人都維妙維肖，至少大家玩得相當愉快，你一聲，我一聲，引來不斷的笑聲。這時，突然噗哧一聲好大的放屁聲來湊熱鬧，肛門期玩具來了，常吃番薯的我們，肚腹肛門也是玩具，聲音要寬宏，還是尖細，C調還是降E大調，可以隨自己所在的場合做決定，只是，臭，必不可免，不過正如詩人商禽所說：「臭，那是鼻子的事。」

有病呻吟，是生活家常；無病呻吟，才是藝術高手。同理，有屁快放，是生理正常；無屁放屁，那才是遊戲高手。小時候，我們會把右手半握放在左腋下，左手用力做振翅動作，氣從右手虎口急竄而出，僞造放屁的巨大聲響，惹得女孩子捏著鼻子搧著風，直說「好臭好臭」。後來，我到學校服務，禮拜五下午例行召開行政會報，大村鄉、花壇鄉的兩位組長和我先到，坐在沙發上閒聊，這時，大村鄉的組長放了一個響屁，然後他就一直扭著屁股摩擦皮沙發，發出類似放屁的聲音，一面磨一面說：「這種聲音眞像放屁。」花壇鄉的組長說：「還是第一聲比較像。」我才知道，製造放屁的聲音原來不是我們社頭人的專利。

## 植物是隨手可以取得的玩具

身體的拍打、手指關節的扭動、夜間手影的扮演，都是我們應用身體去扭去跳，所能取得的最大娛樂。其次，植物則是我們隨手可以取得的另一類玩具。

扮家家酒（臺語叫做「扮傢伙子」）首要的工作就是「吃」，一定要去摘一些樹葉、草葉，或者媽媽揀菜以後丟棄的菜葉，作為我們煮飯炒菜的道具，再去撿些瓦片、石片作爲餐具，樹枝當筷子，「小民」一樣以食爲天。扮家家酒最有趣的是扮新娘，這時，紅花、紫花、黃花插滿頭，要將新娘子打扮得漂漂亮亮，有時摘來姑婆芋的大葉子當遮傘，更加氣派。如此，孩童時代「食」與「色」的天性，都是靠著植物來妝點。

男孩子沒得化妝，有時自己紮一個草圈戴在頭上，有時將帶殼的土豆輕輕一按，讓它夾住耳垂、夾住下巴，儼然是一個山大王，也自有樂趣。打起仗來，鳳凰樹的豆莢就是上等的刀劍，折斷的樹枝可以直逼敵人胸前，撿來的苦楝子可以用彈弓彈射對方，或者藉著插在地上的竹篾片的彈力發射出去，男的勇敢在第一線作戰，女的在第二線努力撿拾敵方射過來的苦楝子，後勤支援。這是一場植物的戰爭，戰多於爭。

另一種植物的戰爭，則是爭多於戰，那就是打陀螺（臺語叫做「拍干樂」）比賽。那個年代，沒有人賣陀螺，陀螺都是父兄或自己砍下芭樂樹的樹幹、樹枝，以柴刀刪削製作，中心位置還要嵌入鐵釘，工程浩大。我在想，會不會哪一位木雕師傅的第一刀就從這裡開始？擁有一顆陀螺，那眞是莫大的喜悅與光彩。打陀螺，可以自己仔細纏索、用力抽索，讓陀螺在地上打轉，兩三個人同時丟出，看誰轉得久，這是文明的玩法。野蠻的玩法則是，上一回轉的時間最短的人，他的陀螺成爲這一輪被釘打的對象，這一輪，他先抽轉陀螺，其他人則纏好陀螺的繩索，虎視眈眈，雀躍頻頻，選擇最恰當的時機，瞄準最適合的位置，狠狠以自己的陀螺釘打地上旋轉中的陀螺，將它擊倒、擊碎。這種玩法相當刺激，連旁觀的人都會熱血沸騰。有時，陀螺眞的會被擊碎，通常只是被擊倒而已，也有情勢逆轉的情況，釘打人的陀螺反而受了傷。

不過，小孩子的戰爭不是爲了宗教信仰，也不是爲了石油，打完了，又去玩另一種遊戲，譬如，將掉下來的檳榔樹葉當拖車使用，讓幼小的弟妹或者女孩子坐在葉托上，大個子的男孩拉著葉子的一端跑，沙沙沙的聲響，揚起的灰塵，顛簸的運與動，都讓單純的心靈興奮。

八卦山腳多的是各種不同的樹：相思樹、樟樹、楓樹、木麻黃，供應我們「取之無禁，用之不竭」的玩具。

## 大地是學習最好的場域

八卦山腳，整整一大片彰化平原，就是我們奔馳追逐的場所。

那時的臺灣是以農立國的年代，家家種田，我們有時隨父母下田實習，有時幾個孩子聚在一起玩泥巴，好靜的人自個兒捏塑泥像，捏個爸爸、捏個媽媽，捏個布袋戲裡的南俠翻山虎、北俠小流星，一面捏一面編故事；好動的人則各自找泥土製作平底碗，碗的大小約與手掌同，做好了以後托在手上，然後快速反扣地面，藉由反扣時大氣的衝力，將碗底爆破，兩人約好，要以自己的泥土補好對方的洞，洞破得越大，顯示自己的碗底壓得又薄又平，自己的腕力快而有力，這樣的比賽倒是溫馨而有趣，反正泥土多的是，隨挖隨有，不虞匱乏，要的是勝利的滋味。何況，賽完之後，誰的泥土，不論多少，都要還諸天地，剛才計較補多補少，可愛復可笑，對於人生的得失去取，不知有誰在這麼小的時候就領悟了？

第二期稻作收成以後，田野空曠，可以丟土塊比遠近為樂，可以紮稻草人比大小為戲，可以大夥兒尋土塊、築土窯、爌番薯。在等待番薯烘熟以前，漫長的時間可以繼續土塊戰爭，可以繼續以稻草人為戲偶，自編自演新的武俠戲。大地一直不會拒絕孩子的笑聲。

或者，回到稻埕、回到厝角邊，以瓦片畫南北向的長方形，再疊上東西向的長方形，你用磚塊當「子」，我以石頭當「子」，下起「直棋」來。有時畫個圓形「西瓜棋」，各以六子攻守，可以一步一步走，也可以相約隨時飛翔，趣味自有不同。下完棋，用腳擦擦土地，磚塊、石頭、草葉也一樣回到大地，大地無損無傷，我們卻在這樣的歡樂中成長。

# 一條繩子・一堆廢物・一樣神奇

孩子是具有巧思的。家裡的廢物可能成爲我們神奇的玩具，一條繩索可以有多種玩法。先說神奇的繩子吧！

一條繩子，我們可以自己揮動，由後而前，或由前而後，供自己兩腳齊跳、單腳獨跳、雙腳交互跳、跑步跳，這樣的組合變化已經夠讓人炫目了。還可以單手拿著繩索的兩頭，與大地平行逆時針方向揮動，繩子靠近時，兩腳跳躍過去，不停揮動，不停跳躍，這是最累人的一種兼有運動效能的遊戲。

多人玩繩索，變化更多，最簡單的是一人站中間等候，兩人各執一端準備揮動，繩子揮過頭頂再落地時，中間的人同時起跳，如此反覆計數。高明的人不會站在中間等候，他是算準繩子落地的那一瞬間衝入起跳，瀟灑漂亮的英姿惹人讚賞。有時兩人一起衝入，整齊劃一，優雅美妙。

還有更優雅美妙的，揮繩的人左右各一繩，交互揮動，跳繩的人要在一起一落之間介入、跳躍，適時躍出，贏得許多的掌聲。我覺得這已經是一種舞蹈的基礎訓練了，笨手笨腳的我，在這種跳繩遊戲中，通常是在旁邊用力鼓掌，衷心讚歎的那人。

繩子除了可以供人跳躍之外，還有別的玩法。兩人各執繩索一端，分立兩旁，中間放著一塊石頭，猜拳贏的人先把繩子拋向空中抖出一個環來，要讓那個環剛好圈住石頭，慢慢攏近石頭，再猛一拉，將石頭拉到腳邊就勝了這場比賽。如果無法達成，就換對手拋繩、拉石，一來一往，有時勾住，有時落空，趣味自在其中。

延續到今天仍在玩的繩子遊戲，則是繩子繞過兩人的左腰拉在右手上，立地站穩，比比手力和智巧，誰能使對方移動腳步，誰就贏了。我住在員林那位姓張的健壯同學，一直是拉繩遊戲中的泰山。

至於廢物變神奇，就男孩而言，是滾鐵環（臺語是「輪鐵箍」）遊戲的那一圈鐵環，那鐵環通常是用來捆拴水桶、尿桶、糞桶用的，當桶子壞了，上下兩圈鐵環就是我們最好的玩具，我們再製作一個「ㄩ」字形的推桿，推著鐵環，滾著鐵環，天涯海角浪跡而去。

女孩子則喜歡以媽媽剩下的布料縫製小沙包，製成五個就可以開始玩了，拋一個在空中，趕緊放下四個再接空中那一個，然後是抛一個抓一個在手上，陸續完成後，又回到第一個動作，再換成抛一個抓兩個在手上。或者反過來，抛一次放一個，有時還配著歌謠做動作：「一放雞，二放鴨；三分開，四相疊；五搭胸，六拍手；七圍牆，八摸鼻；九咬耳，十拾起。」手巧的女孩，縫製的沙包精緻，抛接的動作俐落，歌聲又好聽，讓人入迷。

## 文字，奧秘的玩具，激盪腦力

識字以後，讓我入迷的是文字的變幻。

未上小學以前，爸爸就拿著磚塊、石頭、樹枝，在大地上教我習字、認字，我也有模有樣拿著磚塊、石頭、樹枝在大地上刻畫。我喜歡那些橫筆、豎畫、一撇、一捺的增減。

歐陽脩的母親以荻畫地教歐陽脩識字，使他成爲宋朝重要的文學大師。八卦山腳有多少像我爸爸這樣的父親，拿著磚塊、石頭、樹枝，在大地上教孩子認字，他們會教出多少文學大師？

中學以後，我喜歡文字的猜謎、對仗、押韻、重組，甚至於要從文字的筆畫間探悉人間的情義，測知人生的道理；要從文字的組合裡訴說心中的情義，布達生命的眞諦。

文字是我童年最後的玩具，一直執迷地玩到今天，猶無歇息之意。它不像鐵環，只能滾到田中、二水，它可以翻滾到漢字通行的世界各地，甚至於翻滾到人的內心深處，歷史轉折的那一點奧祕，猶不歇息。

——選自《放一座山在心中》（九歌，二〇〇六年）

# 社頭：番社頭人所住的地方

如果有一個人計算自己家鄉的經緯度，到了分分秒秒都精確而清楚的地步，你會訝異，哪有這樣愛鄉愛土的人？

現在我就要告訴你，我的家鄉——「社頭」極精微的四極經緯度：

**極東**：東經一二〇度三七分四六秒一六〇七
　　　北緯二三度五六分一七秒二六六六

**極西**：東經一二〇度三三分二二秒九四一四

北緯二三度五四分一八秒三二四五

**極南**：北緯二三度五二分三七秒五〇〇四

東經一二〇度三四分一六秒七六六四九

**極北**：北緯二三度五六分一七秒八八三一

東經一二〇度三四分〇五秒八二三六

這就是我的家鄉——「社頭」在地球上標示的位置。

你一定以爲我——蕭蕭就是那個愛鄉愛土幾近瘋狂的人。其實不是。這是我讀朝興國小時的老師——陳國典老師所精心計算出來的。他以個人的力量撰述十六開六百六十六頁的《社頭鄉誌》，他才是那個計算自己家鄉的經緯度，到了分分秒秒都精準的、瘋狂的愛鄉愛土的人。

「社頭」，爲什麼叫社頭？根據陳老師的說法：「社頭地名的由來，乃是由於大武郡社，頭目和頭人居住在本地，所以本地就叫社頭。社頭，也就是大武郡社頭人所居住的地方。」他反駁日人「安倍明義」《臺灣地名研究》書中「社頭」是「舊社社頭」的講法。安倍氏在書中「地名的起源」章節裡表示，臺灣地名與番社有關的，大都有相對應的空間關係：頂社－下社，東社－西社－南社，大社－中社－外社，頭社－後社，社口－社頭－社尾，社頂－社腳。陳老師認爲，這種推理，在別的地方說得通，在「社頭」卻不適用。因爲，依照安倍氏的推論，有「社頭」應該有「社尾」，有「舊社」應該有「新社」，但是，社頭鄉內有「舊社」卻沒有「新社」，社頭鄉是番社頭部的話，附近卻沒有「社尾」這樣的地名。而且，「社頭」的「社」是指「大武郡」（Tavokol）社，而大武郡社所管轄的地區包括今天的社頭、永靖、埔心全部，員林、田中、田尾以及南投縣界的南投市、名間鄉的一部分，如此看來，社頭不是在大武郡社的某一角端，可以稱爲「頭」的地方，而是在大武郡社的中央部位，可以掌控全局的所在，作爲「大武郡社頭人所居住的地方」，應無疑義。所以，「社頭」的頭，不是「剛開始的地方」，而是「領袖所在」的地方。

這樣的說法，倒也驗證了社頭的眞實情況。臺灣各鄉鎮，社頭是「董事長」最多的一個鄉鎮（社頭有三多：芭樂多、襪子多、董事長多）。因爲早期社頭織襪產業發達，買兩架織襪機在家裡，開始織襪事業，名片一亮，又多了一個董事長。

「一盤鮫仔魚全是頭」，「社頭」原是大武郡社（大武郡堡）「頭人」所居之處，卻也曾經是許多「董仔」的出產地啊！

——選自《放一座山在心中》（九歌，二〇〇六年）

# 社頭兄，相大腿

穿，要穿軟的；吃，要吃硬的。這是古人養生之道。社頭最有名的兩項特產，正符合這樣的需求。

社頭名人、名作家潘榮禮，一直想要在進入社頭鄉的員集路南北入口處，各樹一座塑像：穿著絲襪、提著芭樂的女子，「歡迎來到社頭鄉」。

絲襪、芭樂，軟硬兼施，這就是社頭的特產。女性身上穿戴的最輕最軟的衣物，莫過於「絲襪」；我們嘴裡吃的最硬最結實的果物，莫過於「芭樂」。社頭最有名的工商產品、農產品，正含有這兩個極端的特性。

潘榮禮是一位幽默作家，如果他應邀演講，開頭第一句話往往是：「**我是社頭人，貴寶地的女性同胞百分之八十跟我們社頭人有肌膚之親。**」唬得大家一楞一楞的時候，他才不疾不徐的說：「**社頭所生產的襪子，占臺灣市場百分之七十以上，絲襪，更達八成之高。**」女性同胞所習知的華貴牌、琨蒂絲、佩登斯絲襪三大品牌，都是社頭魏家兄弟的天下。前任鄉長魏陳春惠女士，打破「社頭鄉公所」又叫「蕭公所」的傳統，她就是琨蒂絲公司董事長。她說：社頭絲襪的年產量在一千萬打以上，其中大部分出國賺取外匯，留在臺灣的又能稱霸國內市場。她要更努力開創商機，使社頭絲襪的名氣更加響亮。

社頭流行這樣的兩句話：「**剃頭婆，看面水；社頭兄，相大腿。**」意思是說，理髮小姐仔細看客人的臉，思考如何爲客人「修面」，社頭人則會全神注意女性大腿，想著如何織出表現女性曲線美的絲襪。「相大腿」，不是好色，而是職業性的習慣，專業的斟酌。

華貴牌絲襪公司（福助針織股份有限公司），一進公司辦公大樓，就看見「有華人就有華貴藝術」，多充滿自信的一句話！從魏董事長的談話中也可以聽出華人的自豪，社頭人的驕傲。魏董事長表示：穿絲襪的女人，自然會變得更優雅，因爲指甲要注意修剪，角質要注意磨平，坐時脊椎要挺直，兩腳自然交疊，這就是女性典雅的美。不過，現代女性意識抬頭，市場需求多元化，保健觀念流行，絲襪已經不只是絲襪而已。社頭出產的絲襪種類繁多，功能增加，穿絲襪不只是因爲禮貌，不只是爲了腿部的美，看看這些新出產的絲襪功能，就可以了解社頭絲襪如何掌握流行趨勢、社會脈動，如何朝向「品質自主化、品質國際化」在努力：

**一、防止靜脈曲張襪**

以尼龍與超彈性纖維編織而成，具有絕佳的緊實度，可以有效修飾腿部、小腿與膝蓋的曲線，防止靜脈曲張，並具有束腹、纖腰、提臀的功效，美姿美體，耐磨耐穿。

**二、醫療用健康襪**

襪身應用纖維交織所產生的彈力，將末肢血管的血液擠動，有效預防靜脈擴張、變形、浮凸，避免造成下肢浮腫、腿部痠痛與疲勞。

三、**芳香療法絲襪**

紓壓性、超彈性絲襪，添加天然植物，具有消除壓力、美姿、防止靜脈曲張等功能，洗淨後香味持久，可以美化腿部肌膚，又可以保持腿部清爽。

四、**燃脂瘦腿超彈性絲襪**

可以釋放能量，燃燒脂肪，「透氣呼吸帶」能讓腹部舒爽，「寬幅大腿調整帶」能燃燒大腿贅肉上的脂肪，讓脂肪不再囤積，達到美腿目的。

五、**調整臀型超彈性絲襪**

菱形棉質褲縫，臀腿分明，強力托臀帶舒爽超透氣，褲子部分前後均有壓縮力集中托高臀部，解決臀部因地心引力而下垂的煩惱。

六、**縮腹提臀全彈性絲襪**

特殊透氣孔織製，體貼肌膚，塑造纖細腰部曲線，腹部有菱形束腹網，可縮小腹；臀部增加透氣網與提臀帶，可提臀部。

此外，夏天有防蚊、抗病、吸濕、排汗功能的絲襪；冬天有保暖作用的保暖襪、長統襪、各種材質的緊身衣。更不用說做法的花邊、網狀、吊帶等多種變化，材質的尼龍、多元酯、純棉的可能選擇。這就是「襪子王國」。

我雖然是「社頭兄」，喜歡「相大腿」，不過，對於絲襪了解有限，所以特別請教社頭姊妹：如何正確使用絲襪？

她們說，新絲襪未穿用前，先浸泡在溫水中，滴入幾滴食用白醋，約五、六分鐘後，撈起來風乾，可以增加纖維韌度，經久耐穿。穿好褲襪，拉整拉平後，最好在腳指頭四個縫間向前拉一下絲襪，預留空間，可防兩腳走動時扯破絲襪。如果絲襪已經起毛球，這是快要破裂的警示，應該將絲襪翻過來穿，作用力不同，所以可以再穿一段時間。如果在外頭發現絲襪被勾破，可以將絲襪破洞處輕輕拉起，在四周塗上透明指甲油或透明膠水，乾了以後，輕輕放回，可以支撐幾個小時。

這是絲襪王國姊妹們的貼心經驗，「社頭兄」細心問取，分享其他姊妹。

——選自《放一座山在心中》（九歌，二〇〇六年）

# 芭樂：八卦山元氣，濁水溪精華

社頭，是「絲襪王國」，也是「芭樂的故鄉」。因此，除了「相大腿」的「社頭兄」，努力開發新品種的絲襪之外，社頭四分之一的土地上（約五百公頃），種植芭樂，也可以說是有四分之一的人靠芭樂而生存。他們努力在改良芭樂的肉質，朝著更細、更甜、更脆的目標在奮鬥。「喝牛奶的芭樂」，就是他們改良的方式之一，他們眞的請芭樂喝牛奶，芭樂眞的長得跟小嬰孩的臉一樣「白白胖胖」，甜度增加爲十至十二度，果肉淸脆，風味更佳。

芭樂（拔仔），是我們從小就習慣叫的名字，後來有一陣子改稱「番石榴」。

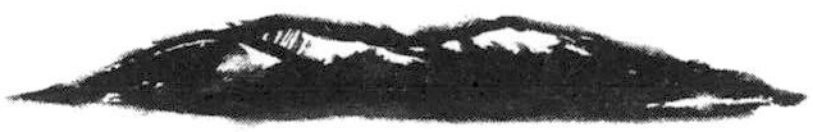

芭樂原產於熱帶美洲，屬桃金孃科，是常綠多年生灌木植物，早年輾轉從南非傳至中國大陸南方，因爲果實多籽，類似石榴，所以稱爲「番石榴」。大約三百年前，大陸移民渡海來臺，也帶了番石榴到臺灣種植，稱之爲「那拔仔」、「拔仔」，近年來擬其音，美其名，稱爲「芭樂」。目前栽培品種以梨仔拔、泰國拔、二十世紀拔、水晶拔、珍珠拔等品質最優。芭樂是熱帶果樹，全年可生產，但爲了提高品質，仍以調整產期在秋、冬及春季生產最好。

芭樂含有豐富營養成分，尤其維他命C含量高達八十一mg，是柑桔的八倍，香蕉、鳳梨、木瓜、番茄、西瓜的三十倍以上。特別是所含的鐵、磷、鈣極多，種子中鐵的含量爲熱帶果實中最多的一種，因此吃芭樂最好能連芭樂子都要細嚼慢嚥。拳頭大的芭樂裡還有多種醣類、氨基酸、礦物質與胡蘿蔔素、抗壞血酸等多種維他命，適合清脆食用，是低熱量、高鈣、富含維他命的瘦身美白蔬果聖品。除了生果食用之外，社頭鄉農會還研發出「番石榴料理食譜」，提供民衆索閱。總幹事張向善表示，這份食譜是農會和鄉內「海山珍餐廳」共同研發而成，每道菜在材料、調味、作工上，都十分講究，目前研發的十道菜是：杏腿芭樂盅、芭絲釀中卷、綠拔甜八寶、泰式綠芭絲、芭樂鮮蝦鬆、綠果靚鳳片、芭樂四季春、綠拔天婦羅、杏片芭樂蝦、海鮮焗芭樂，各具特色，可供品嚐。

或者，芭樂加創意，也可以是：

**一、芭樂炒海鮮**

材料：泰國芭樂一個、彩椒、馬蹄三粒、蝦仁、薑片、蒜末、蔥段。

**二、芭樂可樂餅**

材料：梅花絞肉、蝦泥（比例為豬肉七，蝦仁三）、芭樂、太白粉（或麵粉）。

**三、熱芭樂茶**

將一個泰國大芭樂切成四片，加入七碗的水，煮開後，再以小火煮五分鐘，去渣，當茶喝，可預防感冒。

**四、芭樂心（葉）茶**

將「芭樂心」（最嫩的葉片）去毛曬乾，可用來沖泡當茶，或加白糖煎煮，飲後齒頰留香，可治暑熱。

五、芭樂葉綠豆湯

將芭樂葉（一兩）和綠豆（二兩）浸洗乾淨，芭樂葉用紗布袋盛裝，與綠豆同放入煲內，加清水，用中火煲九十分鐘，以鹽調味，即可。清熱解毒，可止瀉痢。

六、芭樂酒

準備芭樂一公斤、糖一公斤。將芭樂用冷開水洗淨風乾，每個橫切成四至五片，裝瓶時一層芭樂撒一層糖，密封兩個月以上即可飲用。有活血、養顏效能。

七、芭樂果醬

將芭樂磨細，加上檸檬酸、糖、果膠質、洋菜，煮沸裝罐。

八、芭樂洗髮水

將芭樂葉子煮水，拿來洗髮，可以增加頭髮的黑潤、柔滑。

臺中技術學院商業設計系蕭嘉猷教授，曾回到家鄉進行「地方產業視覺形象設計」計畫，以各種不同繪本、包裝設計、ＣＩＳ識別標誌設計，推廣芭樂產品，組織「自然農法接待家庭」，可以帶領大家接觸泥土植物，體驗農村生活，認識民俗景觀，了解田園生態。我們都是這樣迷戀自己的家鄉。

——選自《放一座山在心中》（九歌，二〇〇六年）

# 清水岩

沒有去過清水岩的人請舉手，在朝興村是不會有人舉手的。襁褓中的嬰兒，父母會抱著他去；剛剛學走學跳，姊姊哥哥、叔叔姑姑，會逗著他去；上了小學，最是興高采烈；第一次遠足，雖然沒有「謝謝」、「乖乖」，仍然興奮得天未亮就吵醒公雞催太陽起床，目的地：清水岩。

初中高中，郊遊踏青——清水岩。

情竇初開，約會談心——清水岩。

喪志失戀，解憂消愁——清水岩。

沒有去過清水岩的人請舉手，在朝興村是不會有人舉手的。去過多少次清水岩？沒有人能計數，多去一次就多一次發現，可以在山前廟後瀏覽徜徉，也可以深入山後。山後更開闊，多少的曲徑、落葉，多少的山阿、蒼翠，多少年來一直等著我們，等著我們去走踏！不論是嬰孩，或者正在戀愛，甚至於老耄十分，不論信不信佛，向不向神明祈禱，清水岩一直以古樸接引我們。

從山腳路轉入向山的小徑，不用十分鐘就會發現「清水春光」四字，敦厚的筆畫勒在一塊古拙的碑石上，不必懷疑，這正是彰化八景之一——「清水春光」。此地已遠離社頭車站約三公里，逐漸向東升高，岩後即是八卦山的餘脈，舊名大武郡山，地屬「許厝寮」。有人說「許」應是「苦」才對，因爲這裡幾乎沒見過姓許的居民，居民大部分姓陳，小部分姓康，光復後此地即劃分爲兩個村莊，北面靠近朝興村的稱爲山湖村，南邊環繞清水岩的即是清水村，兩村迎神廟會，大都合併舉行，老一輩的人仍然襲稱許厝寮，不加細別。

清水岩，建於乾隆初年，《彰化縣志》說：「岩左右，青嶂環繞，樹木陰翳，曲徑通幽，邱壑之勝，恍似圖畫。春和景明，野花濃發，士女到崖野覽，儼入香國中矣！」依稀可以想見春濃之日，滿山野花遍開，士女往來穿梭的勝景。詩人到此，另有所見，昔日彰化會魁黃驪雲即曾以〈清水春光〉爲題，寫了一首七律，山景之外更有溪水的聯想，令人不能不爲之心動：

到處尋春未見春，原來春在此藏身，
山都獻笑齊描黛，溪但浣花不著塵。
竹響又喧歸浣女，桃開慣引捕魚人。
仙岩清水傳名字，果有香泉似白銀。

最是讓人欣羨：「溪但浣花不著塵。」不說近年來受到嚴重污染的臺灣山溪已無多少清水可觀，即使數十年前，「不著塵」、「但浣花」也足夠引爲人間仙境了。此句一方面呼應了最後兩句的「清水」與「香泉」——「不著塵」之水必清，「但浣花」之泉豈有不香之理？一方面更有「歸浣女」與「捕魚人」的延伸，「竹響又喧歸浣女」，幽香隱隱，令人遐想，「桃開慣引捕魚人」則使人凡念俱消，頗思離塵而去，你說「春」能不在此藏身嗎？

不過，我總覺得《彰化縣志》裡的清水岩太過穠艷，不似山寺，黃驪雲的〈清水春光〉又太陶淵明，不似人間！我們從小叩訪清水岩，清水岩的山景一直讓人覺得平實而又親切，就像母親的懷抱。當你傷心時，最想投入母親的懷裡訴說；有喜有慶時，又是那樣急著要跟母親分享。母親平實而不穠艷，清水岩親切而不絕塵，如果你已搭上彰化客運從員林開往田中的車子，慢慢就會體會出那一份親切！

沿途，路隨山勢而轉，車隨三級柏油路而顛簸，堅韌的樹葉從來不抵抗灰塵，依然墨綠迎人。這一切，就像你在臺灣任何一條山區道路可以看到的一樣，一樣的彎道，一樣的坡。一樣的樹木，一樣的人情。你只要輕輕告訴司機：我到清水岩，就可以放心欣賞窗外隨時變換的景致，有時紅樓，有時灰瓦，轉彎後往往可見三、四隻閒蕩的土雞，過橋時則是乾涸的山溪，也有砂土，也有大石，無所事事。路的兩旁不外乎綠樹與人家，斷斷續續，連成一體。

過了朝興村，上了慢升坡，你會發覺人家少了，綠樹也少了，眼前突然呈現不曾有的山石，纍纍不盡。路最低的地方以水泥鋪成，是山洪洩下的孔道，這裡就是

「許厝寮」，民國四十八年一場八七水災，在這裡不知沖毀了多少的山園和人家，那年我們剛從小學畢業，剛背會李白〈將進酒〉的第一句，就看見「黃河之水天上來」，一下子撞進我們的家門，恐懼隨著洪水挾著泥沙突然升至胸口，我們站在八仙桌上，隆隆的山洪不停地在屋內屋外洶湧，雞不飛，狗不跳，豬隨著柵欄捲入萬里濁浪中，我們不知道什麼是方舟，有的人因此「奔流到海不復回」，有的人僅僅露出一隻手在洪水去後的泥沙上，這是許厝寮一頁悲苦的記憶。

二十多年來，許厝寮一直冷寂肅殺，最近才漸漸又有了生氣，新的鳳梨園栽植起一片酸甜來了，新的養雞場終於咯咯下蛋了，這就是臺灣人，再多的砂石瓦礫中，仍要重建起新的家園！

許厝寮站過後，下一站會是蛺蝶嗎？

是的，下一站，下一站我們就要下車了，站牌上清清楚楚寫著「清水岩」。下了車，向東順著林蔭山道，直走到「清水春光」勒石處，當你第一眼看到清水岩，不禁脫口而出：多麼親切！多麼慈祥！你不必驚詫於傖俗的紅柱金龍，也不必爲了暴發戶似的粉妝玉琢而無奈，這裡只有古樸的唐山來的原木，老式的窗櫺和木門。

不驚，不迷，慢慢地卻會愛上這一份笨拙的古意。當你不經心地往四周一看，甚至於從牆縫中伸展出來的青苔，都那樣惹人愛憐。

山寺前面一片廣場，足夠追逐喧鬧，寺後是山，山側一彎蜿蜒的小徑，可以踏著厚厚的落葉隨山升高，也可以沿著小徑循鳥聲入幽。稍遠處，自南而北，一道堤防依山迤邐，這是八七水災後所建，洋灰已蒼黑，青苔、蔓藤逐漸攀爬其上，隱然化入山勢而不覺！

從小，我們喜歡來這裡徜徉，樸實的山，樸實的古剎，自自然然，忘記人間多少虞詐，彷彿我們也隱然化爲山勢而不覺，不覺隨著山呼吸。

隨著山呼吸，好像隨著母親牙牙學語。

清水岩，不是金碧輝煌的觀光名剎，沒有潔淨的大理石地板，亦乏聳天的龍柱、高啄的簷牙，更少金箔、亮片，他只是一座古廟，不會積極勸人改過、向善，只是穩穩實實坐在山村裡，坐在我們內心深處，隨時在我們落淚時給我們安寧，給我們撫慰，偶爾也重播我們在清水岩跑進跑出，自幼及長，幾次不同的笑聲，總讓我們想起母親和溫暖……。

清水岩有幾副對聯值得深思：

清境異常走馬來時春滿客／水天一樣拈花溪處佛如生

清不沾塵景色晶瑩／水能益智神機活潑

清比壺冰纖塵不染／水融鏡月滿眼增光

清靜無囂陶情淑淨／水流不息往過來追

走出清水岩，左轉往東走，有一條小徑長約四、五公里，早期被稱爲「九彎十八拐」。日據時代是社頭鄉清水村到南投縣名間鄉的便道，民衆常利用這條山徑，以徒步方式挑著農特產品，往來交易。後來因爲開闢一五〇線道路，交通逐漸改善，這條羊腸小徑也日漸荒廢。最近有人倡議重新開發，讓民衆有機會欣賞沿線優美風光，增加假日休閒去處。

即使「九彎十八拐」尚未開發，社頭地區的人早以觀音山五峰作爲健身休閒的好處所。觀音山五峰，號稱五峰，其實只有四座山頭，分別是一峰、二峰、三峰、五峰（我們不喜歡「四」這個音），登山步道長約一．五公里，登山口就在清水岩南面，過了小溪往東而行，景色秀麗，空氣清新，沿途設有簡易休息涼亭，備有運動設施，可以享受一場健康森林浴。

山腰處是長約七、八公里的南北向的「長青自行車車道」，原爲森林防火巷，小時候我們稱之爲「火巷」，將山林隔爲上下兩段，有防火功能，必要時可以行駛消防車、山林巡視車，後來成爲產業道路，如今則是自行車車道。南起田中鎮森林公園入口處，「赤水崎」前，經觀音山登山口，北邊可以到達「護天宮」；挑戰路線則從波羅蜜公園向東，經楠木林，上「橫山」。沿途綠樹成蔭，最多的是相思樹、樟樹、楓樹、楠木、梧桐、龍眼、荔枝、楊桃等等。還有清脆悅耳的鳥叫聲，不絕於途，常見的鳥類有白頭翁、繡眼畫眉、紅嘴黑鵯、小彎嘴、竹雞、山紅頭、斑鳩、樹雀綠繡眼、五色鳥等。不騎自行車，膝蓋不適合爬高的人，也可以沿著平整的路面，和緩的斜坡，清晨、黃昏，調整呼吸，調整步調，調整心緒。

山腳路「清水岩」候車站牌往南走兩百公尺，就是「清水岩童軍營地」。清水岩童軍營地又名凱復營地，占地十二公頃，幅員遼闊，林蔭茂密，果樹遍野，營區設備齊全，應有盡有。最多可容納一千五百人，據童子軍老師說，這是臺灣目前最完善的露營區之一。民國七十三年三月五日童軍節啟用，是彰化縣政府提供各級學校童子軍研習，一般機關團體、民衆郊遊、烤肉、露營等休閒活動而設，帳棚、炊具、餐桌、童軍椅、睡袋等設施一應俱全。最近「露營車」開始風行，車子可以直達營區，不僅童子軍訓練可以利用這個營地，一家老老少少，喜歡親近大自然，喜歡健康生活的人，都可以歡歡喜喜來到這裡。

——改寫《扁擔．父王．來時路》（爾雅，二〇〇一年）中的〈清水岩〉

——選自《放一座山在心中》（九歌，二〇〇六年）

# 不殺價的瀟灑與樂趣

很多人去到觀光景點，特別是中國、印度、尼泊爾這些國家，總會有一群小朋友圍聚著、纏著、繞著，兜售小東西，驅之不易，往往壞了遊興。更糟的是，有些地區還會出現糾纏不停的小乞丐，聽說善門不可輕易開啟，給了其中一個，那煩人的隊伍就會像揮之不去的蒼蠅蚊蚋，嗡嗡不已，連行走都成問題，更不要提漫步、觀賞、聊天、聯誼。

這時，大部分的人會硬起心腸，關起善門，不搭，不理。

其實，這些小孩，十四、五歲的年紀，不過是爲了生活，才這樣黏著人不放，除了這樣，他們還會有什麼生計呢？

「一塊破石頭，也要二十個盧比？」觀光客總要三折、五折地殺價，他們說：殺價，是一種樂趣。然而，有誰想過：一塊石頭，到底多少錢才是合理的價格？一朵花，或者一朵雲呢？它們都是大自然的一部分啊，誰來鑑價？

換個位置想想看，如果我們是那栽花種果的人，是那兜售的人呢？或者想想一瓶香水上千上萬，它的本錢又是多少？貴夫人幾曾殺過價？何獨對一塊石頭、一斤芭樂、一個年少的兜售者斤斤計較起來？

有一次開車經過八卦山山腳路，看見路旁賣龍眼的，我問她一斤多少錢？她說：四斤一百元，我說我買兩百元，包成兩包。純樸的農婦一面包龍眼，一面說：你不還價啊？我笑一笑：我們家也種龍眼啊！眞的，我們家的果園距離我買龍眼的地方不到兩公里，小時候跟爸爸採收龍眼的談笑聲彷彿還可以聽聞。

不殺價，應該有不殺價的瀟灑與樂趣吧！

——選自《管簫二重奏》（九歌，二〇〇九年）

# 鼓山頑石

鼓是打擊樂器，山是兩大板塊擠壓出來的另類大地。鼓山是如鼓之山，彷彿自古以來就準備承受千斤重的打擊。

頑是愚頓不知變通，不易感化；石的特性，幾幾乎與頑相近。頑石，除非是相異聯想，否則如何與《紅樓夢》細膩的情牽夢縈相繫？

鼓山頑石，這四個字連在一起，可能像鉛一樣的重，壓著大地；壓在大地上還好，壓在心上呢？

鼓山是田中森林公園的主山，我在彰化工作時爬的就是這座山，斗中路連接中

南路時，往東遠望，可以看見山頭平整一片如鼓面，受到鼓山這兩個字的暗示，每次我都會想：誰會來敲這面綠色的鼓？會敲出什麼樣的音響？我們俗庸眾生只是鼓面下匆促忙碌的小黑點，能聽到這樣的鼓聲嗎？

三十二年前，我有五年的歲月是在鼓山的懷抱中，那時就試圖聆聽天外傳來的鼓聲，有時獨自一人，有時帶著學生，甚至於深夜時還留在學校五樓的閣樓裡。

——天外的鼓聲會是什麼樣的音色、什麼樣的節奏？

鼓山下、鼓山旁，或者鼓山之中，盈耳的一直是不盡的風聲與蟬鳴，如水流不斷，呼應著心中的雜音如鼓一樣咚咚而響。

最近的五年，我仍然時常回到鼓山裡，盈耳的仍然是不盡的風聲與蟬鳴。應該像鼓面一樣平整的山頂，當然不會出現在視野裡。在某種距離下，我們都只是整齊的格子中不整齊的咚咚鼓聲，有時有人發現我們的存在，有時有人發現我們的不存在，大部分的時間我們是不會被發現、不會被聽見，幾乎不存在的喘息或輕噫。

一塊頑石。比起可能擊打出鼓聲的鼓山，我，或者我們，只是一塊頑石而已，多少年來，座落在不起眼的山間，靜靜看著山色、天色，想著心中、耳中那不盡的風聲與蟬鳴，何時歇止？

想著想著，那不盡的風聲與蟬鳴，其實幾幾乎早已化成身上的筋脈、紋理，無法尋辨。

鼓山的鼓聲，是不是也以這樣的方式，海浪一樣的方式，鼓著、盪著，在不一樣的林間碰觸不一樣的草葉、樹尖，以及頑石、一無所有的空谷。我們一直都在自己創發出來的聲音中辨識聲音？

所以，衆人不把鼓山頑石壓在心上，不把鼓山頑石放在心上，風或者天外傳來的鼓聲，才能那樣輕盈、自在。

——選自《管簫二重奏》（九歌，二〇〇九年）

# 書山派下一男子

最近重讀王鼎鈞先生的回憶錄《昨天的雲》，寫他的家鄉蘭陵種種，我心中微微一笑，「蘭陵」，可是我們蕭家的郡望哩！

從小父親就要我們背誦九個字：「福建省漳州府南靖縣」，說我們祖先就是從這裡移居臺灣，不可忘記，雖然我背得流利，卻也不清楚漳州南靖那是一個什麼樣的地方，窮山惡水，還是山明水秀的所在？每年清明節，在朝興村公墓間穿梭，找尋曾祖父、高祖父的墳墓，墓碑上總有「書山」二字，「書山」又是哪裡？爸爸說：我們是書山派下的蕭氏子孫，就在南靖縣。

後來請回祖譜，譜系非常清楚。南靖縣書洋鎮書山派蕭氏，奉春秋時期宋國（今河南商丘一帶）叔大心爲得姓始祖，當時的宋國是周武王滅紂後封給殷商後裔微子啟，用來奉祀商湯，繼續香火的。叔大心因戰功，封於蕭邑（今江蘇徐州、沛縣、安徽蕭縣一帶），其後以邑爲氏，就有了「蕭」這個姓。以屬地而言，我們先是河南人，又是江蘇人哩！

有趣的是，戰國時蕭邑屬楚國，我們先祖說不定也曾遇到屈原。到了西漢，沛縣人蕭何是建立漢朝江山三傑之一，位居丞相，封贊侯，有時候我說我們是蕭何的後代，朋友看我官運從未亨通，都不置可否。到了南朝，齊高帝蕭道成開齊國，梁武帝蕭衍建立梁朝，我因而自稱「齊梁之子」，帝王的後裔，還把自己之所以編輯四、五十本書，說是受到先祖昭明太子蕭統的感召與影響，朋友看我土裡土氣，典型的臺客，很不願意承認。梁武帝蕭衍就是南蘭陵江蘇武進人，他的後裔就以「蘭陵」爲郡望，這都是書山蕭氏族譜詳實記載的史實哪！

唐朝末年，蕭衍的八世孫蕭曦隨著王審知進入福建，成爲入閩始祖。宋孝宗乾道二年（西元一一六六年），蕭曦裔孫蕭時中在明成祖永樂九年，十七歲，考中辛卯科狀元（西元一四一一年），奉旨從江西泰和遷來福建漳州督導學政，從此我們落籍漳州，又成了閩南人。蕭時中傳下三子，長子蕭積玉移居南靖。蕭積玉傳四子，長子蕭崇星生蕭恭、蕭奮兩兄弟。蕭奮起先住在南坑高港村，後來移居書洋外坑，這已經是明朝英宗天順八年（西元一四六四年）的事，他就是我們「書山派」肇基始祖，如果以叔大心爲蕭氏一世祖，蕭奮是第六十九代，我則是蕭奮的第二十代孫子。

明朝穆宗隆慶六年（西元一五七二年），蕭氏後裔子孫在南靖興建近三千平方公尺的祠堂奉祀蕭奮，堂上懸掛的就是「書山荒作」四個大字；彰化縣社頭、田中交界的頂潭里，蕭奮第十六代孫子們也興建一模一樣的祠堂「書山祠」，日據時代一九三〇年加以重修，這是我們的祖廟，供奉一世祖蕭奮以下的列祖列宗（蕭奮之祖父蕭積玉另有書山派、斗山派、湧山派子孫合建的「芳遠堂」奉祀），門堂上的匾額表明子孫「遠紹書山」的大志。

小時候看到「書山」二字，總覺得我們祖先一定是書詩傳家，住在山明水秀的地方，我一輩子要在書山書海中度過，才對得起先人。我不知道南靖書洋山算不算是山明水秀的地方，但是彰化八卦山、濁水溪、八堡圳，呈現出高聳的臺地，寬闊的平原，眞的是適合世世代代生活的所在，「山」村已具，因而，「書」應該是我一輩子唯一的選擇，將讀書、寫書、編書，作爲一輩子的志業，這才是書山派下一男子吧！

那堆積如山的書山，終究是永恆的家鄉。

——選自《少年蕭蕭》（幼獅，二〇一〇年）

# 武秀才的三合院

小時候不知道世界有多大，我們家的「門口埕」就是我的小世界，朝興國小的操場是另一個世界；八卦山的山腰很寬很長、山腹很廣很遠，山腳下的田野可以延伸到外婆的家、日落的所在，天高而地闊，那是我的大世界。

不過，這世界是大還是小，很難說清楚。因爲這只是我小時候的遊戲天地，比起二十一世紀的小孩，每天只能盯著一個十九吋的螢幕看，我的世界是他們的幾十萬倍大，我的身體可以馳騁在我的世界裡，碰觸到數以萬計的花草、稻禾、喬木、樹叢，追蹤鳥聲、花香、星月的光輝，我的心靈可以乘著白雲飄飛，我的心境可以

隨著晚霞轉換，那是一個可以聽到蛙鳴蟋蟀叫，可以聞到芒果花、柚子葉的不同香氣，還可以在清淨的溪圳裡看螃蟹鑽進爛泥，而我，魚一樣游著、蝦一樣跳著、螃蟹一樣橫行的世界。

但是，我沒有十九吋的螢幕，那螢幕是有光有影可以炫惑的世界，能聽聞幾百萬人在討論莎士比亞、討論蜂漿、討論浮冰的世界，能看見埤塘之外的三大洋、稻野之外的五大洲，能細數德希達的結構、後結構、解構，蘇東坡的惠州、黃州、儋州，還可以模擬現實，將遠方的陌生人拉在自己的眼前說說笑笑的3D世界。誰大誰小，不容易衡量。

從小睜開眼，「門口埕」就是世界，父親的農具：扁擔、鋤頭、柴刀、畚箕、米籮，都擺放在眼睛一溜就可以看到的屋簷底下，母親飼養的雞、鴨、鵝、鄰居的火雞，總是頂埕、下埕隨意跑隨意飛，不分物種「ㄐㄧ、ㄐㄧ、ㄧㄚ、ㄧㄚ、ㄜˊ、ㄜˊ」來往交際，祖母雖然纏著三寸金蓮，日本警察都無法逼她小腳放大，誰又能讓她不輕挪蓮步、不這裡張羅、那裡喳呼？有樣學樣，沒樣自己想的我們，當然隨時飛越稻埕，穿人堂室，有如俠客縱橫走跳如入無人之境。

「門口埕」是每日上演農村悲喜劇的舞臺，大人有大人複雜的戲碼，小孩也有數不盡的笑聲與哭聲。

最歡樂的嬉鬧聲是黃昏時「踢罐子」的遊戲，大夥兒圍成半圈，留一方可以將鐵罐子踢向遠處的缺口，當「鬼」的人單腳踩住豎立的鐵罐，盡量不讓「踢罐子」的人將鐵罐踢向遠處，鐵罐子踢出去，「鬼」要用最快的速度撿回原處，用力踩住它，其他的人利用這段空檔找好隱蔽的所在，將自己隱藏起來，當鐵罐放回原點，「鬼」一踩住，同時大聲喊「停」，這時誰都不准再動，「鬼」則離開鐵罐子開始尋人，誰人被唱名找到，「鬼」與人搶著奔回原點，先到的人踢走鐵罐，後到的人即刻變成「鬼」：撿鐵罐、回原點、抓交替，所有的刺激隨時轉換，立即開始。鐵罐子滾動的聲音、小孩子尖叫、跺腳、哀嚎的聲音，被驚嚇的雞的飛跳聲，積極參與的狗的奔跑與吠叫，大人想玩又不好意思投入，轉而發出的斥責，聲聲交疊，充滿了這座沉寂了一天的三合院。

至於哭聲，每一年三合院裡似乎都有小嬰孩誕生，這家的初生嬰孩夾雜著隔壁一歲、兩歲幼兒的啼號，在那麼大的家族裡似乎代表著新生命的喜悅與歡騰，那不是哭聲。另外一種哭叫的聲音是犯錯的小孩遭到責罰的嚎叫聲，嚴格說，那是另一種討饒、求救的呼喚，鄰居嬸嬸、伯伯都會像觀世音菩薩一樣聞聲來救苦救難，擔任求情、和解的角色，爸爸、媽媽也因而順勢下臺階，怒斥幾句「如果不是你阿嬸、阿伯替你說情，看我怎麼修理你」，草草結束這場大人合演的家庭教育。這，也算不得是哭聲。

三合院的眞正哭聲，是辦理喪事時，全家族聚集，帳篷、八仙桌、圓桌、椅條占滿整個三合院，臨時搭築的爐灶、鍋鼎、辦桌食材，也將三合院的下埕全都占滿，三合院滿滿都是族親，道教法器、道士誦經，親族言談問候，大人來回匆促的步伐，間雜著喪家的哭聲、偶爾引頸而鳴的雞叫聲，這是扮家家酒從不模仿的儀式，卻是腦海中留存最深的印記：個人的事未必只是個人的事，一個家庭的事往往影響著整個家族。

懂事以來，一直以爲所謂三合院、稻埕，就該這麼大，出外拜訪了幾座朋友老家的三合院，才發現他們的「正身」通常只有三間房間，稱爲「三間砌」，我們則是「正身」、「護龍」都是「五間砌」的三合院，或許就是這麼開闊的三合院適合我曾祖父在這裡運氣、練武、舉重，他才成爲武秀才吧！我們家原來還留有曾祖父舉重用的大圓石，中間有著一個方型的榫孔，彷彿還可以感受到他用力呼氣舉起「石輪」的力勁。只是舉重用的「石輪」就剩這一塊，祖父的時代拿來當墊腳石，小時候我是踩著這塊墊腳石進家門的；父親的時代改建房子，以水泥砌造三階墊腳階，這塊「石輪」竟不知如何消失不見了。

曾祖父育有三子，他替長子、三子另外在村莊的南方築造兩個相靠近的小型三合院，記憶中大伯公家收藏著曾祖父經營的歌仔戲班的戲服，三叔公家的大廳懸掛著曾祖父的畫像，我問過堂兄、堂弟，這些戲服、畫像也因爲時間久遠而不知所終了！想來也是，曹魏時代以帝王之尊鐫刻的《典論．論文》石碑，跨入晉朝早已無從查考，清朝一個武秀才的石輪如何能留存到民國一百年？時間與文明，創造了歷史，也湮滅了歷史，我們卻企圖從蛛絲馬跡中發現文字所不曾記載的歷史。

現在，在這個三合院裡，或許只能想像他追逐雞、鴨、鵝，到處吆喝的少年模樣，那是他衆多後代子孫成長的模式；稍晚，或許還可以想像他穿著唐裝，指揮長工搬運戲箱、安排演出的精敏幹練，我幾位出外謀生的堂哥都擁有一大片江山，應該就是曾祖父最佳的傳承者。至於曾祖父如何辛勤奮發而成為武秀才，我搜尋可能的櫥櫃找不到硃砂批點的四書五經，我問過祖母、父親，他們不曾目睹或耳聞。或許，要從父親白天耕田、晚上劈竹篾，日夜辛勞中感受；要從父親不自覺流露出來的民俗文學底蘊裡體會；要從父親一輩子為農事而苦卻永遠幽默待人的生命哲學裡感悟。

我常夜裡獨自站在三合院的一角，聆聽歷史轉側時幽微的嘆息聲，想著：如何讓十七世紀的三合院也可以是這個世紀的大世界，能嗎？這恬靜的三合院，已經不太平靖的外面田野。

——選自《少年蕭蕭》（幼獅，二〇一〇年）

# 神奇的芒果樹

樹是誰種的，無從考證，任何一棵樹都是這樣，不論樹種，也不管寒冬，包括讓我神思飛馳的這一棵芒果樹。

即使樹的身旁豎立著一塊牌子：「某某長親自手植」，也無法證明這是某某長親自栽種的樹，依據現有的經驗，這只能說是某某長曾經參與了這棵樹種植過程中一個小小的段落，通常是鏟了三鏟土，在人家已經挖好的坑洞、洞中樹立著三個人扶著的成樹樹苗，在這之前、在這之後，更多不知名的人爲這棵樹育種、移植，挖洞、填土，固本、澆水，剪葉、修枝，無所不至且無微不至的呵護，卻連一個名字

都未曾留下。

讓我神思飛馳的這一棵樹，就在我家三合院正身後方，誰種的？也一樣無從考證，我認識她時她具有兩個人合抱的腰圍，三層樓的高度，沒錯，一棵神木。小時候問過祖母：這棵芒果樹有多大歲數？祖母搖搖頭，說她嫁過來時樹已經這麼高，這麼壯，每年結的芒果只有加不曾減。如今，距離我問祖母的年代又過了五十年，怎麼看都看不出來她有增高、增胖，或者「老倒縮」矮了幾吋幾分的樣子，每年土芒果的數量或有增減，不曾不綠其葉、結其果、擴大其範疇。如果現在有人問我她多大歲數了，我的答案竟然跟祖母一樣：我還是小孩時她已經這麼高這麼壯了！了無新意，不相信，你問我們三合院爲數龐大的族親，他們也是了無新意這麼說。

我們祖先從福建南靖到臺灣彰化，已經有九代之久，如果一代相距三十歲，來臺年數大約三百左右，這棵芒果樹會是第一代先祖定居時所栽植的嗎？若是，現時她應該也有三百歲的高齡了！只是祖母初嫁來蕭家距今一百年，那時這棵芒果樹只有兩百歲，兩百歲與三百歲的高與壯，我們祖孫兩人如何在不同的時空察覺其間的差異？或許就因爲難以察覺其間的差異，所以她在我們心中長綠吧！

一個不到一百七十公分高的人，是無法察覺長頸鹿的身高怎樣逐日增長呀！

比長頸鹿還高的這棵芒果樹，在我們心中應該是長綠的，我想，在我祖先（或者更早的平埔族）尚未入駐以前，她已經是這土地上的原住民、至少也是先住民，說不定更早之前眞有梅花鹿嬉戲在她眼前，她的果實經由燕子、麻雀的尖嘴、圓肚，經由土狗、梅花鹿的唾液、排泄物，傳布到近處的村莊、遠處的他方，不知道已經有多少個世代，只是不可能有任何族譜紀錄這些飄零的花果如何飄零、如何繁殖，也不可能有清楚的史傳記載這棵長綠的芒果樹如何幾易春秋、如何長綠夏冬。

祖先選擇在這棵高聳的芒果樹前建造家屋，我相信這是正確的選擇，樹總讓人有著可以穩定下來的感覺，即使是長亭又短亭送別的柳樹，飄飛的是細柔的情意彷若枝條與白絮，篤實的莖幹卻選擇了水與土，永遠拒絕風的誘引與戲弄。何況是一棵準時萌新芽、長綠果的芒果樹，一棵腿肚子粗壯、腰腹粗壯、手臂粗壯的芒果樹。是這棵樹讓他們堂兄弟在風浪的暈眩之後，選擇了這一片山野與土地，一片可以讓一個家族穩定下來的山河風光。更何況樹上芒果的芬芳還散發著母親的乳香，喚醒了母親千叮嚀萬叮嚀的溫馨記憶。

是這棵芒果樹暗示著：家，這就是蘭陵蕭氏的新家了！

就在這棵芒果樹下，搭蓋四五間茅屋，養幾窩雞，更遠的地方適合養兩三頭豬，任螢火蟲飛舞，夏天時會有一群小孩子呼朋引伴，歡笑著來、歡呼著去，偶爾幾隻鵝搖頭晃腦，無所事事，三兩隻鴨、五六隻雞，尋覓牠們喜歡的昆蟲或穀粒。日落後，幾個堂兄弟可以拉兩張椅條，泡一壺茶，說些稻穗、田水、菜種、天色的不同更替，說些星斗冬夏的轉移，或者什麼也不說，望著遠天，想著「福建省漳州府南靖縣」，回不去的故里，無論如何要將這九個字嘴裡誦著心裡念著一代一代傳遞下去。這時，頭上幾顆黃熟的芒果啪嗒啪嗒掉下來，彷彿都說著同樣的話語：家，這裡就是新家了！

這棵芒果樹會比我祖先早到這裡，最重要的證據是她離地面最近的樹幹不像其他的樹（尤其是人工栽植的果樹）直直挺立，最靠近地面的樹幹是先與地面平行六尺，而後才向上竄升的，以懸空的ㄩ字型展現英姿。ㄩ字型右邊那一豎是山腳路扎實的地基，左半的「L型」才是樹的眞正長相，底下那一橫六尺長，像龍的脊椎骨永遠與大地成平行，六尺以後筆直往上直升。小學畢業以前我怎麼跳都摸不到她的腹部。好不容易爬上她的背部，向下抱、向前抱，即使是大人都不知道還要幾隻手的長度才能實實環住她。

ㄐ字型起筆的地方，就像龍抬頭，昂昂已經有四層樓的高度，往東方平視過去，她可以看到二十一世紀人造的飛龍，在她與八卦山之間，南來北往，直竄而來直竄而去。

這就是芒果樹神奇的地方，爲什麼她會像龍一樣平平伸長她的龍骨，而後遽然抬頭，望向汪洋多水的西方？爲什麼不像一般的樹永遠與地平面保持垂直而成長，即使是不得已從垂直的岩壁上長出，往往不到一公尺就急著竄直身軀？她預留著這麼大的空間，這麼蔭涼的地方，就是要讓小孩子快樂戲耍，要讓農夫、農婦有一個可以歇睏的所在嗎？

我們無從知道。即使不知道她爲什麼這樣艱困地彎折腰部而後拔升，我們卻知道感恩，每年年末三合院大廳在酬神，三合院後方芒果樹下，另外會安排小型祭桌祭拜「地基主」，通常大人忙著大廳的祭祀活動，芒果樹下的祭典就交給大孩子主持，說來可笑，大人以爲我們是在祭祀看不見的「地基主」，我們卻以爲是在祭拜這棵大芒果樹。多少年這樣沿襲，大人滿意在民間信仰上讓我們有自我成長的機會，我們卻喜歡以這種方式感謝芒果樹所賜予我們的：看得見、吃得到的黃綠芒果，看得見、感受得到的墨綠蔭涼。

颱風來時，我們躲在稻草屋頂的房子裡，這邊以臉盆接屋頂漏下的雨水，那裡找水桶接漏下的雨水，雖忙卻有淋雨玩水的快樂。趁著小小的空檔，總想快速開一下門，望一眼東方那棵樹，內心擔心著裸露在天地之間、狂風驟雨之中，那棵芒果樹會不會被風掃落枝椏，會不會砸壞大廳的屋頂？門一開一闔，又一開一闔，祖母其實可以看穿我們的心事，她總會說，來，教你們唱兩句歌：

風吹～檨子斷梶～

風透～檨子落～

臺語「檨子」就是國語的「芒果」，她將這兩句話拉長念讀，有著童謠式的的趣味與愉悅，本來焦急的心也因爲這兩句話的吟誦而慢慢和緩下來。

爲什麼這兩句話有著療傷的作用？或者說，詩的吟唱爲什麼有著療傷作用？多年後我自己研讀禪師偈語，曾經讀到「秋冬春夏，鼻孔向下」的悟道話，剛開始覺得好笑，「鼻孔向下」不是人盡皆知的事實，也算開悟者的體會嗎？說「春夏秋冬」，我們知道時間在消逝，說「秋冬春夏」，難道只是爲了諧韻，還是更要透露出秋冬將去、春夏將臨，困境終會過去的訊息？即使如此，它與「鼻孔向下」又有著什麼樣的呼應關係？參啊參，參了好久，還是沒有參透。後來朋友說，酷冷的秋冬將會過去，溫潤宜人的春夏終會來臨，「秋冬春夏」是天體運行的自然秩序，沒有人會懷疑；就像人體，耳朵生在臉頰兩旁、鼻孔朝下生長一樣自然。這就是「道」、就是「禪」、就是「自然」。原來，悟道者用「鼻孔向下」這樣簡單而通俗的話，告訴我們天體的運行、生命的循環，都是這樣自自然然。風吹～樣子斷梶～風透～樣子落～不就是這樣自自然然，這樣自然而諧和的生活語言，自然而諧和地吟唱？

第二天，風定雨停，滿地的芒果，或青澀、或黃熟，早就被附近的鄰居撿走，大腿粗、手臂粗的散亂樹枝也被族親堆放在一旁，抬頭看看正身五間房子的屋頂一無損傷，大人議論紛紛，驚呼這是一棵神木，我們小孩心中自有一種得意，是我們天天在樹下呼嘯、戲耍，親近她，她才這樣保護我們吧！是我們年年在樹下祈禱、拜拜，崇敬她，她才這樣庇祐我們的家屋吧！

蕭家三合院這棵芒果樹，是大自然爲她澆的水，爲她剪的枝，幾百年來以欣欣然的英姿，展演著生命的奧祕與神奇，天天錄下大人、小孩的笑聲笑語，激發我們的意志，年年我總要回到她的身旁，重溫那清涼的薰風、溫馨的場景，重新復習從她身上獲取的生命啟示，堅定自己。

——選自《少年蕭蕭》（幼獅，二〇一〇年）

# 母親的手——獻給為臺灣幸福而努力奮鬥的母親們

## 1

我的母親不識字，日本字不識，中國字也不識，她的手只會寫簡單的數目字「1234」，母親的手連自己的名字也寫得歪歪扭扭，而且還是四十歲以後才學會，那是她的兒子——我，一筆一畫教她「畫」，畫成自己的名字。

竟然這樣陌生，四十歲以後才認識屬於自己的三個字，這三個字這樣陌生，這樣疏離。名字，什麼時候才眞正與母親連在一起？什麼時候，母親才有眞正的名字，眞正爲自己而活，眞正有著屬於自己的快樂？

母親不知道。母親的手不寫自己的名字。

母親的臉也沒有自己的名字。母親是童養媳，兩、三歲就離開橋頭潘厝，離開外祖母的懷抱，帶著自己的三個字「潘月白」，來到蕭家，「潘月白」登錄在戶口名簿上，母親的臉沒有這三個字。三十歲，母親的六哥來到朝興村，第一次要來看看妹妹的家是一個什麼樣的家？三十年，第一次，從庄頭問到庄尾，沒有人知道「潘月白」是誰，六舅帶著驚愕，帶著「潘月白」三個字問下去，從庄尾問到庄頭，三十年，第一次這樣念著妹妹的名字，一遍又一遍念著妹妹的名字：「妹妹，妳的家在哪裡？」

三十年，母親來到蕭家的三十年，陌生的一個人在我們家的井邊問我：「你認識潘月白嗎？」除了父親和我，陌生的這個人也認識潘月白嗎？

「我認識，我認識，我帶你去！」

小學一年級，連跑帶跳，那是興奮；大吼大叫，那是興奮。

母親聞聲跑出來，帶著驚愕：「六兄……」

眼淚聞聲跑出來，帶著喜悅：「叫六舅……」

我愣在一旁，忘記叫六舅。

母親的手愣在一旁，忘記擦眼淚。

「六兄……」

「六舅……」

六舅沒吃中飯就走了，母親的手連眼淚也沒擦乾就放下來了，「潘月白」三個字又沉寂下來了。母親仍然沒有名字，除了父親和我們兄弟，只有戶口名簿認識「潘月白」三個字。

母親的手不寫自己的名字。

## 2

母親的手也不擦自己的眼淚。

從小生活就苦，哪有什麼眼淚可擦？受苦的人沒有流淚的權力，受委屈的人又怎麼敢流眼淚？好在，母親雖是童養媳，受苦，卻不必受委屈。二十歲以前是女兒，二十歲以後是媳婦，女兒與媳婦，祖母一樣疼惜。姑姑上山，母親也上山；姑姑下田，母親也下田；姑姑受苦，母親也受苦；姑姑不必受委屈，母親也不必受委屈。女兒兼媳婦，祖母更加疼惜，母親是不必受委屈的童養媳。

不必受委屈，並不等於沒有委屈；沒有祖國的人，比沒有娘家的人更加可憐；沒有祖國的愛，比沒有父母的愛更加悽慘。眞正的童養媳，是沒有祖國的人，是沒有祖國照顧的人。那時候的朝興村，那時候的臺灣島，全村全島都是可憐的童養媳，從小就失去父母國的愛，從小就失去父母國的疼惜，任海浪侵襲，任太陽炙烤，裸露在鞭聲笞擊裡，忍受著全然不能解的委屈。朝興村，臺灣島，可憐的童養媳。

母親的手不必擦自己的眼淚，要擦時代的眼淚，擦厝邊姊妹的眼淚，厝邊阿嬸的眼淚，厝邊阿嫂的眼淚。她們的父親死於災疫，她們的腿傷於機關槍的掃射，她們的兄弟拘留二十九天未回，她們的夫婿充軍南洋，不知道是否成了炮灰？

母親的手，擦時代的眼淚，一面擦，一面落淚。

一面擦，一面落淚。

日據時代，沒有祖國的愛，比沒有父母的愛更加悽慘。看見四腳仔，要跑，看見米國的飛機，也要跑。到底誰打誰？到底我們怕誰？

可憐的童養媳，到底，我們怕誰？到底，我們是誰？

母親不知道，不知道那個時代，爲什麼那麼多眼淚？傷心的人要加以安慰，受苦的人要互相扶持。母親的手，只知道擦時代的眼淚，只知道扶持受苦的人。母親的手，曾經上山砍柴，曾經下田割稻，曾經受過多少苦、多少災厄，她願意扶持受苦的人。

3

二十一歲生長女，二十五歲生長男，十四年之間生下三男二女。母親的手，仔細摩挲我們的小臉，仔細調理我們的衣食，像一陣春風，春風裡我們喜孜孜地萌了芽；像一陣夏雨，夏雨中我們喜孜孜地抽長著。母親的手，傳達了她心中的愛與溫暖。

最髒的嬰兒的屎尿，最臭的雞、鴨的糞便，母親的手穿梭在其中；滾燙的熱水，淒冷的北風，母親的手從不躊躇，從不落後；發燒的額頭，受傷的心，母親的手總是最先趕到。所有的撫慰不如母親的手，輕輕環擁。

煮飯、洗衣、劈柴、捆草，母親的手在風中、水中、火中。母親的手是廚師的手、裁縫的手，樵夫的手、農人的手，護士的手、魔術師的手。母親的手爲姊姊挽面，母親的手爲我們兄弟剃頭，我總喜歡閉上眼睛，感覺母親的手在頭上、臉上，輕輕游移。

孩子出生以後，臺灣光復了！光復？是不是出頭天的日子到了？自己當家作主的日子到了？免於恐懼的日子到了？是不是自己田裡的收入歸於自己？是不是孩子們可以在自己的土地上盡情遊戲？臺灣光復了，母親的手更忙，忙著光復自己的土地。三七五減租，收成屬於我；耕者有其田，土地屬於我。忙著光復自己的語言，多謝就是多謝，不免「阿里阿多」，歡喜按怎講就按怎講。忙著光復自己的神明，初一十五準時拜，拜神拜祖宗，母親的手更忙了！

因爲孩子要長大，米不夠吃，吃番薯，番薯不夠吃，吃番薯籤脯。肉沒得吃，吃菜，菜沒得吃，吃菜脯。山上栽樹薯，樹薯磨粉可以吃；田裡種黃麻，黃麻摘芽可以吃；厝邊長豬母乳，豬母乳也可以吞嚥。因爲孩子要長大。

母親的手更忙了！

這時臺灣才眞正光復，是母親的手使臺灣眞正光復，一步一步的光復。勤勞的手，節儉的手，一步一步恢復臺灣的生氣，一步一步累積臺灣的財富。不停勞動的手，是推動搖籃的手，推動千百條微血管，匯成臺灣經濟大動脈的手。母親的手，光復的手，臺灣的臉色逐漸紅潤，臺灣的生機逐漸旺盛。光復！這時的臺灣才眞正光復，從荒蕪與貧窮中光復。

因爲孩子已經長大，從屎尿中長大，從困險的環境裡長大，從母親的手中長大，從荒蕪與貧窮中長大，母親心中的愛與溫暖，在孩子的心中長大。

新的氣象，從母親的手，逐漸升起，逐漸氣象萬千。

## 4

母親沒有選擇的權利，只能選擇父親；父親沒有選擇的權利，只能選擇母親。

這是信諾，中國人的信諾，這是倫理，臺灣人的倫理。嫁雞隨雞飛，嫁狗隨狗叫。母親的一生就這樣篤定跟隨父親飛，跟隨父親叫。

父親的脾氣有時來得快而且猛，母親總是低頭無語，母親低頭無語，就消融了一場可能的戰爭。父親永遠快一步，走在前頭，母親永遠落後一步，跟在後頭。他們的手，什麼時候平行相牽呢？

即使吃飯，也要一前一後，母親總有忙不完的家事，大家上了飯桌，「你們先吃，我去收拾收拾。」「你們先吃，我去關雞。」「你們先吃，我去掃門口埕。」「你們先吃。」母親，第一個起床，最後一個吃飯，先天下之憂而憂，後天下之樂而樂，即使剩菜殘湯，還不忍多吃一口。

生活即工作，母親的手從未停歇過。改變工作就是休息，任勞任怨，母親的一雙手締造了生命，豐富了生命。上對公婆，中對夫婿，下對子女，照拂著三代。凡事，能忍的就忍了，能讓的就讓了。只要是工作，撿起就做，農事家事，事事關心，屋裡屋外，忙進忙出。陀螺一樣的轉，算盤一樣的精，母親的身體怎樣去負荷這一切？

瘦弱的母親，在廣博的大地上。我常想：這是生命的原生地，生命的維護者。

水有源，火有種，樹有根，木有本，瘦弱的母親在廣博的大地上，形成一個富於象徵意義的構圖。或行，或跪，或挖，或植，母親是生命的大地，我們在母親的懷裡成長；大地是生命的母親，我們在大地的胸前茁壯。

瘦弱的母親，在廣博的大地上，或行，或跪，或挖，或植，形成一個富於象徵意義的構圖，我們在其中吮吸、飛揚！

## 5

纖纖玉手，以舶來的美膚霜保護，以舶來的指甲油粧飾。只用拇指和食指輕輕夾著舶來的護唇膏，讓無名指、小指高高翹起。多麼高貴華美，這樣的纖纖玉手，不是母親的手！

母親的手，以眞正的風霜熬煉，以自然的雨露滋潤，總是緊緊握住她所要做的事，不一定力勁十足，卻是全心全意不分神，汙泥弄髒了雙手，塵垢滲進了指甲縫，洗淨了泥垢，仍然是高貴華美，健康的、母親的手。

母親的手，粗糙的是皮膚，細膩的是功夫。一樣的番薯，可以有幾種不同的吃法；一件長裙，可以翻改爲短裙或短褲，縫縫補補也能是圍裙或圍兜，魔術師一般，無變成有，一變成三。母親的手，好像就是以兩條魚、五個餅，讓五千人吃飽猶有剩餘的，那雙手，創造了奇蹟，仍然是親切的引導我們的，那雙手。那雙手爲我們粗糙，爲我們流血，爲了我們，被釘在十字架上，還不忍喊一聲「痛」！

永遠不忍喊一聲「痛」！母親的手。

水的浸泡，火的烤燙，酸與鹹的侵蝕，日與月的刻畫，爲我們的美與眞付出她的青春，那是母親的手！

逐漸老邁、憔悴的手，逐漸蒼老的、逐漸無力的，那是母親的手。爲我們的美與高貴，逐漸憔悴！

6

逐漸憔悴的，母親的手，還不願從生活中退休。田裡的事少了，因爲田少了，稻米不種了改種芭樂。家裡的事少了，因爲人多了，媳婦們都進了門接掌家務。突然閒下來，滿身不自在，母親的手，仍然東摸摸西摸摸，找一些輕便的事做做。

很多農村的女孩湧到工廠去了，母親說：我也去吧！削削蘆筍，切切鳳梨，這些事我還做得來！母親帶著便當，擠著交通車，跟著其他同年齡的嫂嫂、嬸嬸，到了工廠，跟很多農村的女孩一樣，在輸送帶旁，在溝槽邊，削削蘆筍，切切鳳梨，爲臺灣的經濟起飛貢獻心力。

跟很多農村的女孩一樣，從早忙到晚，匆匆吃著午餐，趕工趕工，加班加班，輸送帶二十四小時不停地轉，溝槽邊的手不停地飛動，外銷的罐頭一箱一箱地上了車，上了船，上了船的外銷加工品，隱藏了多少少女的青春，多少母親的血汗。臺灣的經濟起飛了，跟很多農村的女孩一樣，母親只拎回薄薄的薪資袋。

母親的手軟了，血壓升高了，我們說：不要去吧！削削蘆筍，切切鳳梨，這些事也是很勞累！母親帶著便當，擠著交通車，跟著其他同年齡的嫂嫂、嬸嬸，到了工廠，跟很多農村的女孩一樣，她們也沒有工會組織，也沒有勞工保險，她們只是臨時約雇員，工廠怎麼算工資，她們就怎麼拿。趕工喔！趕工。加班吧！加班。是勞工卻不一定有保險，跟很多農村的女孩一樣，母親六十歲的手，仍舊爲臺灣的經濟起飛而揮動。

沒有保險的，母親的手，終究在溼滑的工廠裡摔斷了，工廠的管理員趕快將她送醫，「醫藥費，工廠全部負責，但是，請不要張揚出去！」看了中醫，接骨師說：六十歲的手很難恢復！照了X光，骨科大夫說：要觀察兩個月才知道癒合了沒有！

摔斷手的母親，終於有時間仔細審視自己的手，六十年，一甲子，這一雙手已經會發抖了，「手尾已經無力了！」摔斷手的母親，不怨天，不尤人，她說：「這攏總是命！」完全是命嗎？愧疚的我們第一次這樣仔細審視母親的手。

從少女到老婦，母親的手是不是刻畫著臺灣島興旺的痕跡，是不是刻畫著我們成長的紋路？這樣乾皺、瘠瘦的手，曾經多麼有力！山林、農田、工廠、大廈，母親的手，開展出一幅嶄新的風景，我們在風景中，是不是努力去審視、去執握、去撫慰母親的這一雙手？

——選自《少年蕭蕭》（幼獅，二〇一〇年）

# 六十年來農田莊園

六十五歲的年紀，在泡過一杯日月紅茶以後，總算可以淡定下來了。算算這六十五年的歲月，還眞巧，一半在彰化農村度過，一半在臺北都城消磨。小兒子在臺北出生，今年三十二、三的年歲，剛好將我六十五年的歲月，切割成鄉城對立的兩截生活。

有一次在國立臺灣文學館演講，聽衆問我：可不可以寫一些都市背景的散文小品，好讓他們比較、觀摩。當時我遲疑，眞的進入都市生活三十多年了，而且還是臺灣最大都會，但氣勢這麼強悍的都會可曾進入我生命裡頭，內化爲生命的一部

分，轉化我？或者轉化成文學裡頭的一絲絲感觸？

書寫都城，或許還待觀察、反思吧！

有趣的是，近八年我的生活型態，一週之內三天在彰化田園，三天在臺北東區，另外那一天剛好是南下北上，高來高去的日子，如此頻繁於城鄉比對，適合靜下心來，在一冷一熱、一靜一鬧的兩極之間，在六十年的這一頭和那一頭的時間之軸上沉思。

小時候，所有學生的父親幾乎都是農夫，家長職業調查，老師先問工、商人數，再及公教、自由業，這些職業人數不是〇就是一，「其他都是農夫齁」，最後以這樣的一句話作結，那是百分之九十務農耕田的時代，所謂「以農立國」的輝煌最是輝煌。說說我們家族吧！同一個祖父，爸爸的堂兄弟八個，個個下田耕作，有牛有犁，個個都有自己的幾分田地，到了我們這一代，同一個曾祖父（就是我父親的祖父）的堂兄弟二十幾人，就職的機構五花八門，專職種田的只有兩三個。現茲時，學校老師口頭調查職業，恐怕要念一串不同的職別，甚至於要多出角頭、組頭這些不知如何歸屬的行業。

爸爸種田的時代，我們隨著他在天地間奔馳，風雲在天上，卻也隨時在我們的眼瞳裡飄飛，有時在心田上幾番周折成爲詩句，有時在腦海裡算計，我們掌控不了的風雲卻掌控著我們的生計，我們何時可以學會呼風喚雨？

那時，從八卦山腳往西一望，一片平整的稻田，秧苗在穀雨的節氣裡一起發憤，不久，又在小暑中同時黃熟，綠油油或者黃澄澄，總是大器景象。當然，在陽光、空氣、水的照撫裡秧苗向上抽長，卻也可能稻穗在風雨的肆虐下傾跌，爸爸帶著我們衝入田野，冒著狂暴的風雨，扶持那些或傾或跌的稻穗，只是，脆弱的稻稈好像是扶不起的阿斗，即使可以扶得起，也不過是小小的劉備，那時，我們多希望自己是可以預知風雨的諸葛亮，可以呼風喚雨的孔明先生！其實，能預知又如何，那是諸葛亮從未算計出的颱風啊！短短幾十分鐘的摧折，摧毀了過去長長幾個月的心血，未來幾個月一家人的生活受到威脅。

現在，那綠油油或者黃澄澄的大器景象已不可見，因爲我換算過農人的肥料、田賦等雜項支出與稻價的收入，恆不相等，永遠的入不敷出，在這個算式中，並未計入農人披星戴月、衝風冒雨、早出晚歸應有的工資。所以，農人，不再愚直播種、收割，農人，不再單純等於稻農。農，可以是菜農、花農、果農、茶農，可以是雞農、豬農、酪農。從八卦山腰瞭望平原，一望無際的稻田圖象、油菜花美景，那種數大就是美的震撼教育，已不復在，各種不同的區塊、色彩，可能是稻秧，可能是芭樂，可能是菜園，更可能是都市來的有錢人的農舍在發光。

改變耕種的方式吧！做個有機農如何？我問堂弟，他早就不種稻，改餵牛奶給芭樂了。他搖搖頭，牛奶芭樂仍然要看上天的臉色，何況是有機農業。

那平地造林呢？

六十四歲的堂弟說，林木要十年、二十年，才有收成，我要先準備這十年、二十年的生活資材啊！而且，十年、二十年之後，這塊土地還能種稻、種菜、種芭樂嗎？將來的子孫要種什麼、吃什麼？

喝著日月紅茶的我，放下茶甌，不敢說什麼，心，竟然波詭雲譎，無法淡定下來了。

——選自《稻香路·農村散文新選》（九歌，二〇一三年）

# 書包進展史

陪一位想爲心愛的女人買名牌包包的朋友進百貨公司，壯膽罷了，我們哪知道啥是名牌，他不懂，我更不懂。我們選了一家英文名字叫馬車的店，直接走進去，直接問櫃檯小姐，我們的預算只有兩萬，要買一個包包給三十多歲的淑女，請幫我們推介。小姐細問，是企業界的朋友還是公教人員，活潑還是淑靜，朋友一一作答，小姐又問，她喜歡豹紋皮革飾邊織布斜背包，還是暗金藕紫點狀手提、側肩背兩用波士頓包？朋友茫然以對，小姐只好指著兩排有紅、有黑的包包，說這五、六款多在兩萬左右，是我們這一檔主力推薦的，還送紀念品。我隨手指了指另一架上

的包包，那幾款呢？櫃檯小姐沒有回答，只含蓄的說：那就超出預算了！好在這時店裡只有我們這一組客人，兩位櫃檯小姐，誰也不必臉紅。

朋友選了那個緋紅的皮包，我也覺得細緻、光澤，十分討喜，應該可以搭配淑女的身影。

後來聽朋友說，好在我們選擇了馬車，如果進入雙C的店，那就糗大了，因爲他們的入門款、基本款（多好聽的名字），十萬起跳。我雖然好奇，十萬的包包裡面要裝什麼？但一直沒問，也不知道要問誰，其實，問了又怎樣，蘇東坡肚皮裡面裝的還不是「不合時宜」。

想起剛上小學時，爸爸隨手拿給我一個藺草編織的「葭織」（後來，我在漳州聽當地人也說是「葭織」），說：這拿去裝書。我人生的第一個書包，就是大人用來買菜裝雜物的這個草袋子，裡面還有一些菜漬、小魚乾、花生油的混雜氣味，媽媽洗了、刷了、曬了，又帶了一些陽光若無其事的味道。全袋連提手處都是藺草編織，長度近兩尺，寬度約一尺半，鬆鬆垮垮，裡面只裝了國語、算術、課本和練習簿，還有一枝鉛筆，這麼粗陋的書籍、文具在裡面，好像小孩穿大人外套那樣，晃晃盪盪，書與簿本的四角捲得厲害。後來媽媽給我一塊花布巾，我將書放在布巾中央繫好，再拉另外兩端繫在腰際，快步跑起來，頗有原野遊俠的漂泊感，俠風所至，也有鄰家的雞鴨鵝聒噪。有時跑得太急，布巾鬆脫，書籍散落滿地，橡皮擦像詩句一樣跳著跳著、跳入草叢。小學四年級以前，我就在爸爸粗獷的藺草袋與媽媽花俏的布巾之間，輪番讓書籍簿本顛簸著。

升上五年級時，藺草袋破了，布巾已包不下所有的書本，剛好姊姊畢業，媽媽要我接收她的女用小袋子，那時我已經有性別意識，男子漢大丈夫絕不能娘娘腔，豈肯用姊姊的布包當書包，抵死也不從，每天參差不齊抱著一堆書到學校，一路上撿這本，掉另一本，鄉下人認爲這是不能讀好書的徵兆，同學建議由他替我提書包到校，因爲書包不是他的，他以好玩的心情甩著、盪著，彷彿是我的小書僮，兩人倒也快快樂樂，郊遊一般上學。一直到六年級，我沒背過學童用的書包，卻也跟著大家畢業了！

中學時代有制服、書包樣式的規定，我反而淪入凡常中，理一樣的小平頭，戴一樣的大盤帽，消失在茫茫人海裡。

——選自《稻香路：農村散文新選》（九歌，二〇一三年）

# 示人以土

拿起毛筆，我勇敢地寫下四個大字：「示人以土」，留存給準備退休的書法大師杜忠誥。

關公面前不好意思耍大刀，孔子面前不好意思賣文章，杜忠誥面前呢？寫書法，不好意思，不寫，其實也不好意思。

國學所書法組研究生，他們原來就是來自臺灣各地的書法名家，爲了即將榮退的杜教授舉辦一個溫馨的餐會，展覽他們自己最新、最精彩的書法作品，從碩士到博士班的前後期同學，各展身手，賽龍飛，比鳳舞，還在會場攤開經摺裝書冊，

要求與會的師長、學弟妹都能爲杜老師留下一言半語，陳維德率先寫下「度人金針」，李郁周不僅寫了「書壇祭酒」，還以小字歷數三十年的情義交陪，這書壇的福祿壽三星，惺惺相惜，情與墨比濃、比香，思與字同飛、同翔，他們隨手揮灑，自成錦繡，而我是鍵盤手，硬碰硬，如何學得來以柔克剛——寫，眞的不好意思。不寫，更不好意思——不提國學所申辦博士班成功，杜忠誥臨門那一腳，單就兩人多年來交會的師友：南懷瑾、周夢蝶，最親的家人、鄉親，不能不寫啊！

拿起毛筆，我勇敢地寫下四個大字：「示人以土」。

一位研究生在中廊怯怯問我，「度人金針」，我懂，「示人以土」，有典故嗎？

我笑一笑問他，你知道：我是社頭人，杜老師是埤頭人，對吧？

對。

那「社頭」，猜一個字，會是什麼？「埤頭」，也猜一個字？

老師，我猜不出來。

「社頭，要想成『社』之頭，寫漢字先上後下，先左後右，所以『社之頭』就是『示』字。」

喔——那「埤頭」，就是「土」？

不錯，猜對了！

但是，那跟「示人以土」有什麼關係？——啊，老師是說，社頭的你和埤頭的杜老師，都以「土」的眞、實在、實踐，在教我們？

不是嗎？至少，我們可以用「土」字共勉，不忘鄉土、本土、泥土。

所以，這四個字只能用在你們兩位身上？

應該說，只能用在杜老師身上。你看，「杜忠誥」三個字都有「土」。

哪有？只有「杜」有「土」啊！

「忠」就是中心，以五行的方位來講，中心就是土。「誥」字的右上方，不是藏著一個小小的「土」嗎？

哇，眞的耶。

「示人以土」，杜老師以他自己、以他的生命在教你、教我。書法只是他生命中「金銀銅鐵」的銅鐵，生命教育才是他教育理想裡的「金」。

老師，我懂了，我最該學的是老師的「金」。

——選自《快樂工程》（九歌，二〇一六年）

# 轉角遇到詩的莊園書院

我在彰化的山腳、田野長大，從小就奔馳在八卦山的山腰、山腹之間，穿梭於相思樹、龍眼樹、偶而幾棵芒果樹的樹蔭裡，如果越過八堡二圳的圳溝，往西一望，田野就在我腳下，我在二層樓高的圳岸邊，腳下是向西綿延到天邊海角的田土，我看不到、追不及的太陽西下的所在，秧苗、稻穗、黃豆、番薯藤、油麻菜花，隨著季節，翻滾著不同的顏色，一區一區，一大片一大片，連綿著，交錯著，變換著，這就是我自幼認識的美，朗誦的詩。往東回望，不同的樹種，一樣的綠；不一樣的花色，相同的美；直立的綠檳榔，苦楝的紫色花，滿山相思樹的黃花碎

點，不時轉換著的鳳梨香、桂花香、柚子香，以不同的坡度輕輕觸著藍天的腹部、白雲的翅膀。這是我常閱讀的另一首詩，帶著男子氣概而又有著美麗的弧度。

那時我還小，不認識詩，但詩已在大自然的清新空氣裡，在朗朗的青空、白雲深處，詩更在親情的呵護溫馨中，呼喚著我。

求學，讀書，教書，經過都市數十年的洗禮之後我又回到彰化的田野，處處是詩的田野，回到座落彰化田野裡的莊園學院——明道大學。這時，我已熟讀中國傳統大量的詩詞、日據時代多數臺灣詩人的作品、翻譯得達或不達的西洋名篇、雅或不雅的莎士比亞，還自己試著寫詩，試著以白話保留王維的深靜、東坡的豁達、水與風的無涯無際，而且好爲人師，企圖教人激發潛能、激發想像力；同時，參與臺北詩歌節、太平洋詩歌節，到過希臘、土耳其、墨西哥的世界詩人大會。回到彰化，詩一般的田野有了不一樣的詩情，畫一般的山林也有了不一樣的畫意，跟我小時候一樣穿著短褲的少年卻多了一份精明、機靈，這時代所有的彰化人都在想：如何讓彰化走出去，讓世界走進來？我腦海中轉的是詩，如何讓彰化的詩人有自己的舞臺，如何讓機靈的彰化少年早一點認識大千世界？

花蓮人以世界第一大洋稱呼他們的詩歌節慶，我怎麼不能以臺灣第一大河「濁水溪」舉辦我們的藝文活動？

我敦請了新詩啟蒙老師瘂弦、鄭愁予來到彰化，邀請了彰化詩人吳晟走到鄉親的面前，我爲瘂弦的舞臺準備了花，爲鄭愁予準備了酒，爲吳晟準備了鋤頭、稻草和板凳，他們因而爲彰化子弟準備了豐盛的詩的饗宴。就這樣，「濁水溪詩歌節」成爲臺灣三大詩歌節之一，年年以新的創意在各鄉鎮、各中學展演，年年邀請各世代、各族群的詩人深入彰化城鄉說解、化育。我又想到臺灣新詩史上最早的一首詩，公認是謝春木〈詩的模仿〉（一九二三），謝春木的老家就在明道向西十公里的芳苑地區；也有人說，依現存的手稿來看，臺灣新文學之父賴和的〈祝南社十五週年〉（一九二二）可能更早，賴和的老家在明道東北方三十公里的花壇彰化。不論如何，臺灣新詩史上最早的三首新詩的作者，賴和、謝春木、施文杞，他們都是彰化在地人，因此我選擇謝春木的筆名「追風」爲名，建造「追風詩牆」，請和美地區書法名家李憲專（載一）落款題字，象徵文學青年追逐風尚的前衛性、現代性，選取新詩史上有名的篇章，依時代發展，配上數位設計，一柱一詩，展覽在「開悟大樓」向陽、向湖、向著一大片草坪的南側走廊，形成優美的景觀，八年來，每天都有校內的學生、外來的遊客駐足、觀覽，那些美好的詩句終究會內化爲他們人文素養的一部份。

兩年後，我又延展「追風詩牆」的長廊景觀到學校東面鳳凰樹聚生的群落所在，闢造「鳳凰詩園」，以兩種相異的石板，一灰一黑鋪成，灰的粗糙適合踏行，黑的光滑宜於刻寫詩句，間雜而列，形成無聲的旋律波浪，在蠡澤湖畔遠遠一望，好像大型鋼琴鍵三白二黑、四白三黑，引人走踏。繞行詩園一周，總會在不經意處遇到自己喜歡的詩句：「我為你造船不惜匠工，／我為你三更天求著西北風，／祇要你輕輕說一聲走，／桅桿上便立刻掛滿了帆篷。」（饒夢侃，一九〇二—一九六七），「老是把自己當作珍珠／就時時有怕被埋沒的痛苦／把自己當作泥土吧／讓眾人把你踩成一條道路」（魯藜，一九一四—一九九九），不自覺停下腳步，思索一會兒再前行。即使走踏多回、匆匆而過，也會一瞥那熟悉的詩句，那詩句又會在你腦海中再咀嚼、再回味，又會在你人生的行事風格上有著發酵的正面作用。

「鳳凰詩園」，沒錯，大家都見到了滿園鳳凰樹，興奮一點的鳳凰五月就開花了，喜歡涼爽的鳳凰樹可以延遲到十月還在展示滿頭的紅花，這麼長的花期，連接著春花秋月，多美好的校園一角！其實她還呼應了中國最早的詩人屈原故里秭歸的鳳凰山，呼應著西方文學的典故「浴火鳳凰」的重生祝福，走在「鳳凰詩園」裡，自然會翻滾著這許許多多的想像！

「鳳凰詩園」南側有八塊堅實的石頭，鐫刻著八位已逝的本土詩人如錦連先生的詩作，走在這裡，可以默默想念先人的奮鬥。北側則有兩首華人地區最著名的新詩，鄭愁予的〈錯誤〉、席慕蓉的〈一棵開花的樹〉，走在這裡，看看自己是否還能記誦？東側則有三十棵發送如詩一般香氣的桂花樹、蘭花，蘭桂騰芳，我們的下一代在這樣的境教下，會比我們更有好成就。

詩園環繞一圈，詩還在延伸，繼續走向「開悟大樓」吧！在你想不到的地方，也許是儲藏室的木架，也許是潔白的牆壁，也許是樓梯的轉彎處，轉角遇到王維、蘇東坡，莎士比亞、拜倫的詩句，你想不到的日本的《徒然草》，我們繫掛的日據時代屏東詩人楊華的名篇，轉角遇到詩，轉角遇到詩人，這就是彰化，這就是轉角可以遇到詩的莊園書院，人文氣息瀰漫的明道校園。

二〇一五年穀雨　寫於蠡澤湖畔

——選自《快樂工程》（九歌，二〇一六年）

# 鷹旋的家鄉

八月暑熱的一天，接待雲科大林教授在辦公室聊天，等待評鑑，說起他的老家就在名間，我跟世居北斗的瑞隆很自然接問：名間的哪裡？我們都熟悉：從北斗往東，走斗中路，經過高鐵彰化站可以到田中，從田中繼續往東，仍然是一五〇號縣道，陡上赤水崎就是林教授說的名間了。上了赤水崎，繼續向前直走是南投市區，往右、向南是有名的松柏嶺，「松柏嶺」以前叫「松柏坑」，北極玄天上帝總壇「受天宮」是有名的觀光景點，我上網查了一下，幼時所稱的「帝爺公」玄天上帝，全稱這麼長「北極鎮天眞武玄天上帝玉虛師相金闕化身蕩魔永鎮終劫濟苦天尊」，我

想起童年觀賞的布袋戲翁子，他們的名字也可以這麼長「未出茅廬・生死定三分・文俠孔明生」，又是文又是俠又可以和諸葛亮比智慧，就是讓人敬佩。農曆二月底到三月初三，遊覽車喧騰，乩童飛刀舞劍，其盛況可以跟濱海的媽祖信仰相比。不過，林教授的老家不在這個方向，這裡處處是茶園，這裡的一心二葉總是被烘焙爲「松柏長青茶」，好吉祥的祝福。

上了赤水崎，往左、北上，會有著名的「微熱山丘」鳳梨酥、觀景的「星月天空」、猴探井的「天空步道」，這裡處處是鳳梨園，處處是鳳梨，他們頭上戴著五顏七彩帽防日曬。林教授的老家就在這附近。他說，那裡有一條小徑，走下去可以到社頭清水岩。我說，那是茶鹽古道，南投的人挑著茶葉、山產到社頭、北斗販售，鹿港的鹽商搭船到北斗渡船頭，僱工登上茶鹽古道。林教授很詫異，那樣的山野小徑，你怎麼會熟悉？瑞隆說，蕭老師的老家就在清水岩附近啊！

這樣的一條茶鹽古道，就那麼輕巧地把我們三人串聯在一起，南投、社頭、北斗，經過上百年的歲月，我們三人似乎還可以聽到古道上挑茶農人沉重的腳步，濁重的呼吸。那時，挑鹽工人踩踏的不是今日登山客漫步的石板路，而是未經闢開的榛莽，野性仍在，一雙草鞋所能妥協的也不過是針刺的樹枝，能緩和的也不過是石塊的銳角。

如果走進那時代的茶鹽古道，我知道我會遇到翁鬧（一九一〇—一九四〇），一個永靖田野出生的窮人家孩子，六歲未滿，隨著陳爸爸一步一步走經新雅路（從新厝到滴雅），來到八卦山腳，繼續踅向南方，很累很累的兩腿都癱軟了，才來到潮興莊，一個全鄉幾乎都姓蕭、都來自漳州的村莊，村莊的中心卻有一個三合院，二進、三條龍，五個籃球場大小，翁姓人家聚居的「翁厝」，翁鬧從此叫翁鬧，很少人知道他曾經是陳家的第四個男孩。但我知道，跟我一樣，二十五歲以前他都在八卦山西麓奔跑，他一定遇到過這些擔著生活必需品的挑夫，看著他們瘦削的腿肚子、暴起的筋脈，他一定跟著他們的腳步，嘴巴不自覺一樣咬緊著牙，這樣咬緊著牙的身體記憶，讓他寫出〈搬運石頭的人〉，他們「臉色黯淡無光」，他們「指甲裂開，甲縫充塞污泥」，他們「脛腿削瘦無肉，卻如鋼骨般的堅硬」，最後，搬運石頭的人「來哀悼抱著空腹倒下去的朋友之前」，「他必須抱住即將要倒下的人們」。

我讀過報導，整座八卦山臺地大部分表層土壤多爲紅土，下層則是包含礫石層、砂岩、粉砂岩和頁岩所相互交錯的頭嵙山層，質地十分疏鬆，適合鳳梨扎根、成長，但抗蝕力差，大雨一沖刷，房舍、耕地、山園、樹木，都會被沖毀、掩埋，整個八卦山臺地有著數以千計的東西向坑谷、溪埔，處處可見岩塊裸露，時時可見開山撬石的人。大約一九三五年翁鬧寫作這首〈搬運石頭的人〉，五十年後才有南投鹿谷人向陽（林淇瀁，一九五五—）寫作〈阿爹的飯包〉，在阿爹替人搬砂石的苦差事裡，襯托孩子童稚的想望：阿爹的飯包盒裡應該有一顆菜脯卵。

作爲螟蛉子的翁鬧，多少年後，他心中仍然記掛著這些搬石頭的手，挑鹽巴的腳，因爲他深深記掛著挑著重擔賣雜細的養父。

「翁厝」在山腳路東側，整個朝興村最中心的所在，那時的客運站牌寫的就是「潮興」，俗名「潮興莊」的「潮」，臺語發音類近「潮州」（tiô-tsiu）的「潮」（tiô），不是「王朝」（ông-tiâu）的「朝」（tiâu）、「潮流」（tiâu-liû）的「潮」（tiâu），當時不知道「潮興」的發音爲什麼要跟別人不同，現在想來，福建人、廣東人聚居的村莊稱爲「福興村」、「廣興村」，難不成我們村莊會有許多潮州人聚居，所以才叫「tiô-hing-tsng-á」？我知道，蕭姓家族來自福建省漳州府南靖縣，從小就在父親面前琅琅誦讀，族譜記載也十分清楚，那——會是翁姓家族嗎？翁姓家族會是潮洲移民嗎？

如果是這樣，翁鬧出生的地方，當時屬於「臺中廳武西堡關帝廳庄」，現在隸屬永靖鄉，東鄰社頭，這一區塊正是河洛客生聚教訓的大本營，翁鬧是從河洛客生活圈移入漳州人環繞的潮汕語言區嗎？然而他寫作的語言卻又是日文，據研究日制時代臺灣文學的專家說，翁鬧的日文相當乾淨而俐落，多語的環境對他的生命觀察與語言運用，或許有著某種程度的啟發。

翁鬧三十載的生命歷程，前六年在永靖與草、與稻、與泥巴度過，六到二十五歲的歲月他在社頭的山丘、田野奔跑，二十六到三十的日本時期是他文學生命噴薄，氣象萬千的重要年歲，是臺灣文學豐收的五年，翁鬧這些詩、小說又都是他在社頭山林、稻田奔馳時所醞釀，是生命的體驗與省思，全都等他到了日本才激迸而出。青少年翁鬧只要邁出翁家的三合院就是從二水到彰化一路相通的山腳路，彰化最古老的一條要道，與山平行，南北縱貫，跨過山腳路，翁厝西側是迤邐到天邊挺槍的甘蔗園、稻穗纍纍的黃金海、無止盡的綠波浪。他到日本以後，最先發表的詩〈在異鄉〉，兩個月後發表的〈故鄉之山丘〉，都是對這個空間的繫念。八卦山脈的藍天、綠林、灰瓦、白色小花，激盪著他愛好文學的最初悸動。

〈在異鄉〉一開始即以「鷹」自喻：「**越過山嶺，涉足谷間／漂過大海，臨淵佇立／幽幽之聲，輕輕呼喚我名／啊！那是巢居我內心之大鷹**」。鷹是八卦山脈的候鳥，學名稱爲「灰面鵟鷹」，入秋後，鷹從北地飛向南方避寒過冬，過境彰化但不停留，牠們直飛到臺灣島上最南端的屏東、墾丁，南部人稱之爲「國慶鳥」，雙十節時滿天鷹灰。翌年清明節前後再由南方島嶼飛返北方棲息地，會在彰化停留，是八卦山重要的天空景觀，賞鷹最佳季節，因爲是由南飛來所以稱爲「南路鷹」，俗話說「**南路鷹，一萬死九千**」，指稱的是遷徙遭逢的苦難；那時正當清明節前後，所以稱爲「培墓鳥」，啼聲哀戚，也好像爲人類表達喪親、思親的傷痛。翁鬧選擇「越過山嶺」、「飄過大海」的灰面鵟鷹作爲他鄉愁的象徵，那是離散漂泊的淒然，是「狂風中獨自躑躅」的孤伶，那鷹，飛在八卦山的天空，隨著翁鬧渡海，就這樣巢居在翁鬧內心裡，久久不去，久久，幽幽，相互呼喚著對方的名字。

〈故鄉之山丘〉詩中盡是雛菊、小丘、穴洞、青蛙、陽光、甘蔗園、花朵、墓地，即目所見，隨手拈來，都是八卦山下的農莊所習見的景物，「甘蔗園上遍地開滿了花朵／夕陽，她，趕忙來湊上一腳」，這正是我所說：翁家三合院「ㄇ」字形正門開向西面，邁出大門就是甘蔗田的實寫，向西，夕陽當然會來湊上一腳，「夕陽湊上一腳」與「遍地開滿了花朵」其實也暗寓著死與生的對比寫照。在朝興村，我們常常會遇上送葬的隊伍，因爲村莊南側的斜坡就是全鄉最大的墓場，小時候我們稱之爲「南邊埔（子）」，所以翁鬧在這首〈故鄉之山丘〉會以這兩句作結：「雙親的家，在墓地的彼方／我吹著口哨，歡迎春的到來」，那一片墓地開闊、陽光普照，讓人記憶深刻，那殯葬的行列、嗩吶的哀聲，也常在我們心中迴旋，奇的是這兩句，翁鬧依然有著死生對比的生命省思，墓地、死亡與口哨、春到，那樣自在地並列著。

讀江燦琳詩作〈曠野〉，翁鬧寫過隨想：「請恕我抒一抒我的感傷吧！我常想起，曾幾何時，我倆終夜流連在田中、二水的稻田中之往日之時，便使我心頭哽塞，不可名狀。」這是從朝興村往南的路線，田中、二水、濁水溪；往北，則是翁鬧小說〈羅漢腳〉所書寫的空間，他熟悉的「圓籃」員林，如是，整條依著八卦山平行的山腳路，往東上山的坑谷，往西進入不同鄉鎮的石子路，都可以想望著翁鬧踽踽獨行的身影。

八月中旬的一個黃昏，我獨自回到茶鹽古道，現在改名九彎古道，鹽，顯然是不必挑了，彎仍在，我登上鐵梯，林教授的同鄉們仍在餘暉中以小貨車來往載送鳳梨，瑞隆應該還在東螺溪畔思考如何面對嘰嘰喳喳的麻雀吧！我回到八卦山腰的樹蔭下，想著翁鬧寂靜而堅定的一生，眺望著翁鬧眺望過的雲天，聽見偶爾落單飛旋的一兩隻老鷹，是的，我喜歡如此平凡、如此寧靜、常民生活著的八卦山，住居過翁鬧的八卦山。

二〇一六年處暑之日　明道大學蠡澤湖北岸

——刊載於二〇一七年三月十八日《中華日報．副刊》

——選自《心靈低眉那一刻》（九歌，二〇二二年）

# 八卦，常民的高度

現代人誰不說一點、探一點、聽一點「八卦」？這種屬於八卦新聞的小道消息、緋聞傳言，已經成爲新聞報紙的生存命脈。要不要聽聽林志玲的「八卦」？「八卦」是名詞；他最會「八卦」了，「八卦」成爲動詞；最近有小豬的「八卦消息」嗎？「八卦」是限制消息的限制詞、形容詞。俗話說：「好事不出門，壞事傳千里」，「八卦」顯然是傳千里的壞事，誰都相信：沒有出不了門的「八卦」。

八卦，早已是常民生活的高度。偶爾按進影歌星的臉書，總看見幾萬、幾十萬人次在按讚，就是最好的明證。

據說，「八卦」之所以成爲緋聞、小道消息的代名詞，是因爲香港最早的成人雜誌、風尚刊物，喜歡以裸女作爲封面，由於民風尙屬淳樸，總要在裸女的重要部位貼上一小幅八卦圖，遮（美、醜、羞，該選哪個字？），達成後代影片上的「馬賽克」效果，或者，選八卦圖竟是爲了鎮邪（邪、羞的念頭又從哪來）？這類雜誌就被稱爲「八卦雜誌」。——美工設計者的無心，卻有了柳成蔭的豐收。

不過，也有香港人認爲，街道巷弄裡發售的小報，喜歡登載色情、靈異、命理、賽馬、犯罪、名流傳言、奇聞軼事，這種小報的版面通常是八開大小，「八開新聞、八開新聞」，香港話說久了，傳開了，就被誤聽成「八卦新聞」，就像彰化許多古地名是「牛稠」，「牛稠」、「牛稠」，說久了，寫雅了，就成爲「芙朝」；說久了，寫雅了，「番子埔」、「番埔」成爲「元埔」；「番子挖」、「番挖」成爲「芳苑」。當然也有可能說久了，說俗了，「儒林」變「二林」，正正經經的出版術語「八開」疏野爲新聞流俗的「八卦」。

不過，彰化的「八卦山」與香港的八卦傳聞毫無關聯。彰化人多說閩南語，還有一些客家莊說客話，當然也有像賴和家族被河洛化的「河洛客」，我們都以八卦山作爲人格的脊梁，絕對比香港人的八卦傳聞早很多，我們說八卦山（Pat-kuà-san），沒有人會想成八開篇幅的山。只是「鎮邪」的想法，倒是同樣承自伏羲氏的八卦圖。八卦山不高，最高處在二水鄉，山勢由南而北逐漸緩降，經田中、社頭、員林，到彰化市時海拔只有九十七公尺高，這樣的高度是最適合常民生活的高度，走下斜坡可以開拓自己的田園，可以開拓自己的心胸，危急時可以上山避難，當時的官軍與叛賊都喜歡選擇這裡當作他們的競技場域，林爽文、陳周全、戴潮春等等事件就在這裡進進出出，有資格命名的、有能力建亭的，命名爲定軍山，建造了太極亭（或者叫作鎮番亭、八卦亭），都在試著、圖著要以「八卦」鎮伏這些人爲的災難？

曾經擔任彰化知縣的胡應魁（？—一八〇八）曾經上山看山勢，看不出網絡脈象之然、之所以然，當然也沒看出八卦圖、穴的蛛絲馬跡，所以建了太極亭，要以後天、人造的有形八卦，制伏無形的邪魔。八卦山之名早在乾隆五十一年（一七八六）出現，《臺灣詩乘》則在一九二一年編成，收有清人蔡德輝的〈八卦山〉：「**曉登八卦山，歸來讀周易；掩卷一回思，山形尤歷歷。**」記述他登山後因山名「八卦」而讀《周易》，想起整座山縱嶺一脈、橫谷無數，因而馳騁想像，倒也沒提起山形與八卦圖的關係，如果引這首詩說是山形歷歷像八卦，那就倒果爲因了。近十多年混元禪師在八卦山臺地上的南投市建造「八卦聖城」，氣象萬千，是不是他看見了常民高度所看不見的氣象，那就不是住在谷地俗人如我輩所能探知的了！或許我們像一般民衆從山腳登山，偶爾回首，「**小立迴環八卦山，風光瀟灑足銷閒。一鞭斜照頻回首，無數樓臺指顧間。**」（林臥雲〈登八卦山〉），享受一下「定寨望洋」眼界大開的喜悅吧！

「八卦聖城」往西移動一些，那就是「微熱山丘」一大片一大片土鳳梨園的所在，陽光毫不吝惜照射的山丘，微微升騰著山氣、土氣、林氣以及鳳梨混合著太陽的味道。再往西移動一些，即使下了坡，到了谷地，這氣息、這甜味仍然瀰漫著你的鼻腔，瀰漫在山林、風中，從嬰孩的嘴鼻到七老八十的嘴鬚，從彰化的磚牆、社頭的三合院，到田中的田、埤頭的埤、二林防風林的林，都瀰漫著幸福的氣息。

土鳳梨有點兒酸、有點兒甜，在臺灣所有的水果都改良成體積增大、甜度提升的金鑽效果時，土鳳梨有土鳳梨的憨直堅持，很多人都以爲這就是臺灣人的本性，其實這種土鳳梨是日治時代從夏威夷引進的 smooth cayenne 開英種鳳梨，應該算是外來品種，相對於更早從福建進來的「本島種」，當時稱開英種爲「南洋種」。「本島種」的鳳梨節眼很深，往往依鳳梨周邊去皮之後，還要順著鳳梨的節眼挖出兩三行斜溝，切工好的人切出來的鳳梨自有它的美感，不過，一般手藝切出來的鳳梨，坎坎坷坷，慘不忍睹，連鳳梨都會感到羞愧，恨不得捉起鳳梨皮遮掩自己。這時候你就知道，爲什麼「切蘋果」、「切梨」、「切棗子」，我們都用「切」、「削」、甚至於直接用「咬」，唯獨面對鳳梨，臺灣話要用「刣」（thâi）了。

讀員林高中時，暑假我都在靜修路上的臺灣鳳梨公司打工，我的工作十分單純，從竹籠子裡取出鳳梨，送上工作檯，聽說ＩＱ40以上就可以勝任，接著歐巴桑俐落地將鳳梨斬頭去尾，送上另一個工作檯，旁邊的歐里桑將筒狀的鳳梨，瞄好圓轉型的機器刀，一送，鳳梨迅即去皮、抽心，一顆滑溜、圓轉的裸體鳳梨，就這樣送上輸送帶，兩旁站著兩排目不轉睛的女工，直盯著鳳梨的裸體，注意哪一顆玉體上還留有黑色的節眼，要迅速爲她去斑、整形，保證大家吃到的罐頭裡的鳳梨玉潔冰清。這種鳳梨就必須是「南洋種」的「土鳳梨」了！

「南洋子」在八卦山脈落地生根既久，我們就稱它爲土鳳梨，臺鳳公司不煮鳳梨罐頭以後，土鳳梨就熬成鳳梨酥了。八卦山頂、山腰、山腹，這樣的高度，加上紅土，長日照，連夏威夷來的南洋鳳梨都適應良好，常住久安，定居下來，八卦山永遠有給不完的資源，足以應付不同時代的需要。

八卦從遠古伏羲氏開始，就以「乾、坤、坎、離、震、巽、艮、兌」的卦象，去對應自然界的現象、天地間的動能，那是天、是地、是水、是火，是雷、風、山、澤。八卦，一直是常民生活的準則與依據。

八卦山的高度，有仙有佛高高在上，供人膜拜；有碧山巖、虎山巖、清水巖，長期撫慰常民心靈。八卦山的高度，可以築造天空步道，既能俯視林木、松鼠，更可仰觀南路鷹飛翔，知道北地、南風的消息；八卦山的高度可以藏伏長達五公里、僅次於雪山隧道的八卦山隧道，快速連山通海；八卦山的高度，容許高鐵與山脈平行，十分鐘抵臨臺中，五十分鐘到達高雄。

有風無颱，有水無災。八卦山的高度，正是彰化常民生活的高度，那高度遠遠高過小道的八卦緋聞。

二〇一七年一月二十三日　明道大學開悟大樓四三二室

——刊載於二〇一七年三月二十三日《聯合報・副刊》

——選自《心靈低眉那一刻》（九歌，二〇二二年）

# 那一棵芒果樹靜靜看著

彰化八卦山腳下的三合院老家，二弟獨自一人留守，正身大廳後方是一棵三、四百年依然結果纍纍的芒果樹，稻埕西側是一片可以種植的土地，屬於全家族所共有，我查看過族譜，這三合院我們共同的祖先應該是我這一代往上數的第五代，包括稻埕西側這一片可以種植的土地，因此誰也不知道這三合院會有多少所有權人。

在明道服務的那幾年，我在稻埕最西側種了一整排柏樹、玫瑰作爲圍籬，如今已經是無法修剪的高度了，依據杜甫的說法應該稱爲「草木深」，不管是春天、秋天，籬內籬外，都一樣「深」。

我們住在三合院的南側，俗稱「龍邊」這一方。據說，古早的時代有算命先生經過，口中喃喃念著：啊啊，龍邊會出賢人，龍邊會出賢人……那時候應該還沒流行「重要的話要講三遍」，所以他是一路喃喃念著走過我們整個曬穀場，整個曬穀場南北長度是五間房的面度，我想，他應該是相當興奮的。另一個興奮的人，是正在稻埕西側整理農具的我的爸爸。

我二弟回老家留守時，就在我爸整理農具的地方種了一棵仙桃，那時，爸爸已經成仙了很多年。

仙桃樹上面攀爬著一欉絲瓜，弟弟、妹妹還在這樹旁教我辨識絲瓜花哪樣是公、哪樣是母。他們知道我讀了太多遍《論語》，跟孔子一樣，早就不如老圃了，無論如何都不能說是「農的傳人」。

稻埕西側，其實也是一條南北小通道，往南去是我們附近幾個宅院的共同出入口，往北，本來可以通過一個宅院抵達小學老師顧老師的家，後來，聽說風水先生強調各個宅院應該有自己的出入口，所以，樹籬增長了，我們就只從南方出入。

樹籬緊沿著我們三合院最北側的第三條「護龍」在增長，那條「護龍」住著遠房姑媽蕭足，既然是姑媽，當然姓蕭，小時候我們跟姑媽比較親，姑媽的先生竟然我們不叫他姑丈，稱他「叔叔」，後來才知道，「叔叔」是招贅來的，姓陳，怪不得姑媽的五個子女唯一的男孩要叫陳秋全，應該是當初入贅時約定頭一個男孩要姓男方的姓。姑媽有五個子女，我爸爸也有五個孩子，這兩家的老大與老大差一歲，老么與老么年齡相仿，所以整個三合院這兩家走得最親。

我與堂弟陳秋全是這個三合院裡的兩個讀省中的孩子，他比我還沉默寡言，善於沉思，每次兩人下象棋，他可以長考好幾個世紀，我去上廁所、喝水、再回來，他還在長考狀態中，好像他的黃粱永遠不會有煮熟的時候。讀中學時常與大人下象棋，很少有大人能贏過他，但所有的大人都喜歡找他下棋，他的棋路不是傳統棋書上傳授的。後來我北上讀大學、回員林教書，偶爾回三合院，他一定會過來陪我坐個幾十分鐘，是幾十分鐘，沒有言談，只有開頭的招呼語：「水順，你回來啦！」他不叫我哥哥，不像他的妹妹們阿柳、阿豆、阿滿從小就叫我「阿兄」，或許是隨著我自己的弟妹一起玩、一起稱呼吧！一直都那樣親切而不生份。倒是陳秋全，不納入這個家族倫理軌轍內，總有一些異星球的想法和話語，好在，我也不一定屬於這個星球，所以，這兩個家庭，不是他穿針，就是我引線，算是頻繁來往的鄰居、親族。

陳秋全的大姐蕭綿，大我三歲，小我姐姐一歲。七歲時，我們都要上國民學校，我們家五個小孩年紀到了都上學去了，阿綿「姐」好像沒有準時上學，直到我上一年級了，她才來跟我同班，有一搭沒一搭的，常要麻煩級任老師顧老師家庭訪問，勉強召來幾天，又輟學了，據說是她「後叔」不讓她讀書，要她種花生、種菜、種青皮豆，幫忙農事。我升上二年級，換了級任導師，導師不再是鄰居哥哥的顧進益老師，大約就少了家庭訪問時的「老師的堅持」，後叔不該有的堅持反而得勝了！

小學三年級以前，我都是跳著去上學，課間操的十五分鐘、中午午休時，又跳著回來，在學校與三合院之間，跳來跳去，老師唸書，我跟著唸，老師一喊下課，我跳著出去玩，課間操時大家在做健身操，我跑著、跳著（也是健身操啊）回三合院再回來，因爲我阿媽會想我。眞正下課回到家，稻埕、正廳後的神奇芒果樹下、八堡圳東側內湖小田野，我隨處跑跳，小學三年級以前，我是朝興村裡隨意彈跳的木麻黃小毬果，裂開來會飛出有膜翅的小種子。黃昏，忙過農事，阿綿姐會借我課本翻閱，那種珍惜、慎重的樣子，就像阿媽常說的「書內底有孔子公」那樣珍惜、慎重。或許，十歲以後我之所以能靜定下來，與古人同視息，是受到這畫面的影響吧！

定靜下來讀書以後，有心得、有疑惑時，我總是走下兩個石階、步上兩個石階，走到第二條護龍，與我們家廚房相對的龍寬兄的小飯廳，跟他辯證成語，確定生字，聽他說社會上的見聞，有趣的是他們這一房的堂兄弟都以「龍」字為名：龍溝、龍寬、龍慶、龍坤，而且聚居在龍邊的第二、三條護龍，這兩條護龍的西側（龍寬兄小飯廳的斜角）就是全三合院汲水、洗衣、洗菜的圓形古井——龍要汲水，市井小民要生存。

那個年代，學校大禮堂或三合院空地，總會有軍隊輪番駐紮，當時的國語教育相當成功，我已經可以用臺灣腔的國語，忘年結交了裝甲部隊的駕駛兵李俊生，喜歡聽他說他們山東的大蘿蔔，山東的鄉野傳奇、農村小調。部隊調防時，我們以書信互報平安、互敍近況，隔一段時間，他會從臺中清泉崗、臺北三張犁新的駐防地，回到朝興村，穿梭在我們三合院正身、護龍間，原來稍有隔閡的外省人與本省人的語言、習性，慢慢泯除，我阿媽總是在李俊生出現時，殺雞煮蘿蔔湯，呵呵笑著，鄰居阿嬸、阿婆也跟著呵呵笑著。

民國五十一年，我讀初三，正忙著準備升高中，有一天阿媽跟我說，你阿足姑的大女兒阿綿要嫁給外省人了，早上坐著遊覽車往桃園去了！眞是勇敢啊阿綿姐，突破多少人的心防、禁忌，走出小小三合院、小小村莊，走向不確定的未來。後來才知道，阿綿姐的先生是龍寬兄的排長，婚事還是龍寬介紹的，更後來、更清楚，排長姓毛，江蘇人，毛排長暗地裡透過蕭家家族最有聲望的國和兄做了關於阿綿姐的身家調查，十八歲的阿綿姐十足是勇敢的臺灣女性，直接聯繫毛排長，當面理性溝通，確認愛與婚姻的韌度。民國五十一年，本省女孩嫁給外省軍人，幾乎會被誤認爲買賣婚姻的時代，江蘇毛立峰與臺灣蕭綿卻依著兩個人的默契，走著自己的路。

次年年底，阿媽過世，山東人李俊生跟我姐姐在臺北戀愛成熟的消息才傳了出來，依習俗他們必須面對：尊長者過世的百日內結婚，或者推遲三年，也許因爲有阿綿姐的美滿婚姻在前，也許姐姐是自由戀愛，且不在家鄉，這第二椿鄉村姑娘與外省人的婚姻，順利在八卦山山腳這小小的三合院，阿媽過世百日內達成。

很多年以後，龍寬兄過世，龍寬嫂艱辛在三合院過日，扶養孩子，最後也跟退伍軍人結婚了，因爲退伍軍人不姓蕭，他們搬離三合院，緊鄰三合院的西側，就在那棵仙桃樹的南邊，蓋了三層的樓房，他們的孩子在這兒成親、開了家教班，算不算也應驗了「龍邊會出賢人」的預言？

時間在走，歷史在改變，很多年以後，毛立峰與蕭綿姐的大女兒文芳跟我認親了，看著她從國中教師到中正大學中文系暨研究所主任，鑽研明清文學、圖像美學，推動國際漢學，親手爲自己的父母編撰《世紀風華》、《油柑人生路》，她所做的，假以時日，不會少於我這個堂舅所堅持的。

這時，我好想追上時間老人，追上那個雲遊四海的算命師，「這三合院，不僅龍邊會出賢人！」

或許，三合院正身大廳後面那一棵芒果神木，三百年了、四百年了，只是靜靜看著，時間在走，歷史在改變，那溫厚的傳統，福建省漳州府南靖縣的蕭家傳承著，山東李家、江蘇省武進縣懷西鄉的毛家沖激著。
那棵芒果樹靜靜看著。

二〇一八年六月

——選自《心靈低眉那一刻》（九歌，二〇二二年）

# 最頑固的幾個字

　　舊時朝興村的秀才三合院裡，龍邊護龍的這一頭，許多溫馨的黃昏場景都在這裡自在上演。有時是作爲男主人的爸爸裸露著上身在劈柴，文弱的小男孩我在撿拾劈開的柴薪，堆累在屋簷下；有時是爸爸整修農具，以石頭敲打著鐵器，天邊都有回音，小男生吆喝著家裡的雞啊鴨啊歸巢，只有家裡的雞啊鴨啊聽得見那叫聲，接受那號令；有時，爸爸會撿起瓦片、石塊、磚頭，隨手遞給我一片，教我跟著他在大地上比畫著，學漢字，練漢字，那用力過深、斧鑿似的筆跡一直遠傳到二十一世紀的紙張上。

比較閒暇的黃昏，爸爸會拿著剪刀撕扯他腳後跟的厚皮，沒有一公分的長度，不成篇章，連截句都說不上，碎屑似的厚皮，這隻腳撕撕，那隻腳扯扯，有時還要動用剪刀，將左腳拐向右側不一定搆得著腳踝，又拐向另一邊衡量，就這樣拐著、衡量著、撕扯著，一個三分地自耕農的黃昏，撕扯著直徑一分不到的厚皮屑。

那時我全身細皮嫩肉，找不到厚皮，不知曉撕扯厚皮的苦，曾經天眞地問他：「爸，按爾，袂痛喔？」他說：「死皮啊，袂痛。」我眞信了他不痛的說詞。

我仔細看過爸爸的腳後跟，那裂痕，眞像站在濁水溪畔抬頭仰視八卦山頭，千百個坑崁啊！爸爸時不時還要用自己削成的小竹籤，去剔那裂痕、那坑谷裡的污泥，「袂痛喔？」「死皮啊！」一個三分地自耕農的黃昏，農閒時候的消遣，有時剔剔坑谷裡的污泥，有時撕撕自己腳後跟的厚皮。

怎麼會長出這樣的厚皮？阿媽用河洛話說，這是結趼（kiat-lan）；老師說，這是結繭。阿媽沒有告訴我「趼」怎麼寫，老師倒是教了「繭」這個字，「趼」與「繭」，當它們都指向「手掌腳掌因摩擦而生的硬皮」時，它們的音義是相通的，唸作「簡」——簡單的厚皮；「剪」——應該剪除的厚皮。「繭」很難寫，我喜歡寫「爾」、「爽」這樣的字，左右統一，各打兩個大叉就對了，「繭」卻很難纏，兩岸各行其是，堡壘裡面一邊是絲、一邊是蟲，往往記錯，是會吐絲的蟲還是蟲會吐絲？好在我的小學老師不喜歡用板子打學生手心，要不然，我可能望著掌上的厚繭、摩挲著掌上的厚繭，記下了「繭」這個難寫的字。

不過，我的手終究還是長了繭，學校的老師不像爸爸教我在大地上寫字，他們要我削鉛筆、買筆記本，重複又重複寫一行又一行的字，後來我自己更在稿紙上辛勤耕耘，致使右手中指第一節指關節也因此長了厚繭，左手指去按這個厚繭，硬而結實，堅定且頑固，跟隨我四十多年，直到二十世紀末開始使用電腦鍵盤，才無形中消失於無形。

爸爸的手日日揮舉鋤頭、斧頭，掌中的厚繭何止一處，不僅改變了掌紋的走向，還在指頭基底固結爲中央山脈的架式。後來讀諸子百書，發現這種手足胼胝的人還眞不少，《莊子．天道》：「**百舍重趼，而不敢息。**」《國策．宋衛策》：「**墨子聞之，百舍重繭，往見公輸般。**」說的都是刻苦肉體、犧牲自己的兼愛行者，永遠在路上奔馳、勞碌，主張非攻的墨子。當然也讀到令人不滿的流亡多年準備回國的晉文公言論，他下令將盛裝食物的木質祭器拋棄，他們流亡在外這些年籩豆已經坑坑巴巴；同時也將隨身陪伴，隨時可以鋪展、捲收的草蓆、草墊也丟擲在河邊，他們流亡在外這些年席蓐已經磨損、脫落，不甚體面；至於人，待遇相同：「**手足胼胝，面目黧黑者**」排在隊伍的後段（《韓非子．外儲說》）。讀到這樣的句子，我內心其實是痛的，哪個農人、工人不是一輩子辛勞，大太陽底下揮汗揮鋤，哪個農夫、工人手足不胼胝，面目不黧黑！連荀子都贊譽：「**有人于此，夙興夜寐，耕耘樹藝，手足胼胝以養其親。**」（《荀子．子道》）手足胼胝以養其親，是值得讚許的，但是他們永遠沒有好知遇，國家機器永遠不知道善待那些長繭的手和足。

繼「繭」這個難寫的字之後，我認識了跟它一樣頑固的「胼胝」。真的頑固。尤其是這兩個月我腳底長了「疣」以後，見識到什麼是十頭牛也拉不回來的頑固。

是「繭」，是「胼胝」，是「疣」，還是「雞眼」？上網查詢，有的附圖說明，有的列表比較，當時好像懂了，其實還是無法辨識清楚。藥房的藥師建議用百分之二十五水楊酸製成的雞眼貼，一週貼用一回，慢慢角質層會逐漸剝落。皮膚科醫師主張用冷凍治療，以零下一百九十六度C的液態氮，凍傷病變的表皮細胞，讓它結痂後剝離，一週一次，他說三到五次就可以康復了！我接受皮膚科醫師的建議，一週去接受負一百九十六度C的液態氮親吻，那吻不冰不親，而是刺痛，所幸，液態氮離開腳底時，刺痛也消失。我還問醫師，爲什麼是負一百九十六度C，不是整數的負二百度C？醫師只說這是最穩定、最適合的度數，後來看電視廣告的「強冽」，號稱利用零下一百九十六度C瞬間冰凍果實、粉碎果實，這樣製成的啤酒完整鎖住水果原始香氣與風味，他們同樣以「負一百九十六度C」作爲果實冰凍、粉碎的最佳時機，我是這樣信了醫師零下一百九十六度C的液態氮可以粉碎病毒疣的說詞，去接受五次又五次的冷凍治療。

「負一百九十六度C」或許可以瞬間冰凍果實、粉碎果實，但不能瞬間粉碎疣。接受冷凍治療的這七十天，我像《維摩詰經》裡的舍利弗：「**我見此土，丘陵坑坎、荊棘砂礫、土石諸山，穢惡充滿。**」那病毒疣，雖然只是雞眼大小，卻堅實的像未能去除淨盡的惡習，我心裡想著，結習如結繭，不是一天形成，所以不可能一天袪除，慢慢地摩，慢慢地磨吧！結習一盡，病毒也就不能著身了吧！疣，會像「負一百九十六度C」的果實那樣粉碎！

二〇二〇年六月十六日

——刊載於二〇二〇年七月九日《中國時報・人間副刊》

——選自《心靈低眉那一刻》（九歌，二〇二二年）

# 睡在牛牢間的那個晚上

決定回到彰化教大學時，我很高興又可以回到三合院住居，武秀才曾祖父留存下來的院舍、稻埕，是我十八歲以前的天和地，從來不需要用臺北人的坪數去算計。

結果生活機能最好的四間相連的屋子，留給了二弟，他一年三百六十五天都在這裡視聽作息，而我一週只回來睡三個晚上，所以我又整理了三合院龍邊第三棟的一間獨立屋，作爲棲息的空間。弟弟們不知道，這一間在曾祖父的時代是牛牢(gû-tiâu)，屋頂是蓋著稻草的土角厝（thôo-kat-tshù），牛住在這裡。祖父的時代

變成土礱間，小時候我還看著爸爸推挵土礱，碾稻穀，牛早已隨著三叔公離開武秀才的三合院了！後來這土礱間也不碾稻穀了，堆放雜物，鋤頭、犁、畚箕、鐵耙、風鼓都在。

整理好的那個夜晚，我睡在單人床上，想著或蹲、或站的牛會靠近窗口或門口，會望著月亮或者尋找風聲的來處？睡在單人床上，我想著後來隨著三叔公到另一個三合院的牛，會想念這間牛牢嗎？

而我是想念牠們的。

小時候一直羨慕同學有牛可以牽，可以隨意看牛吃草，還可以騎在牛背上吆喝，甚至於驅使牠們奔馳，就算只跑三兩步也很威風啊！——而我們家沒有牛，空留著一間牛牢。

有一次，走在圳溝旁，遇到同學雲峰和他的牛，我央求同學讓我牽一下牛，他帥氣地從牛背上溜滑梯式的溜下來，很正式的跟他的牛介紹我：「這是我最好的朋友水順，他想牽你，好嗎？」那牛不置可否，「shuǎi」了一聲，雲峰說牠答應了，好像看見聖杯就斷定神明認可了，將繩索大方交給我，我陪著牠，同學陪著我，從小學門口走到土地公廟那棵榕樹前，牛沒說話，夕陽靜靜看著我們拉長的影子。

我是想念牠們的——睡在牛牢間的那個晚上——想念我牽過的那頭牛，想念我沒牽過的、曾經跟我同處這間牛牢的曾祖父時代的牛。

那一個白天我從元埔村（番仔埔）的明道大學開車追夕陽，進入了芙朝村，他們說這裡舊名「牛稠仔庄」，牛，曾經繁多稠密的田庄。那一個晚上，我睡在自己家裡的「牛牢間」——牛牢牢黏著農的傳人，黏牢牢的空間。

二〇二〇年十二月三十一日

——登載於二〇二一年二月十一日《人間福報・副刊》

——選自《心靈低眉那一刻》（九歌，二〇二二年）

# 我與牛在田中寫的字

一向我們敬畏創造天地的神，但我也很佩服創造字、尤其是漢字的人。

你看，「人」和「大」所顯示的都是一個人雙腳微分的站姿，「人」字，悠閒而自在，一個人應該有的樣子；「大」，多了一橫，那一橫，就是人張開的雙手，「大」也是人，是張開雙手，奮力有爲的人！眞的，一個人張開雙手做事，肯定會有一些比較大的成就。就那一橫，那雙張開的手，那雙願意張開的手，造就多少大事，成就多少大人！

牛，龐然大物，至少對小孩來說，這是平日所能見到的最大動物，所以造與

「人」相對的「物」這個字時，希望用來指稱世間所有的大大小小具體而可觸可摸的東西，動物、植物、器物、景物、事物，有色彩有溫度，千姿萬態，統稱的、泛稱的萬「物」，造字的人想到的就是「牛」，牛，簡單俐落，具象而可感，天地之間就是衆物的代表了。比牛的體型小一點，重點在比人也小一點的是「羊」，舊時農村路上容易看到一群一群的羊，所以，看到羊沒有人會害怕，因而群字、祥字、美字都以羊字爲歸屬。羊，端莊，「犬」則活潑許多，說、學、逗、唱，好像沒有能難倒他的項目，「狀」、「獻」這些字就跟定了「犬」，逐漸成爲寵物最主要的代表。造字的人眞的將「字」放在天地間去衡量、去思考他的最恰切的位置。

牛是龐然大物，走在農村路上，我體重二十五公斤的時代，都心甘情願退縮到路的邊邊，讓道給牛，兩眼閱兵式的直視著牠，如果攝下當時的我的眼神，應該屬於敬畏那一流。牛，偉岸的身軀卻有著一雙溫馴的大眼睛，可以奔馳的四腳卻永遠穩健前進，步步踏實。走在農村路上，我怎能不喜歡看牛？即使退到路的更邊邊。

圖畫書上的牛都有一個牧童陪著牠，牧童戴著好大一頂斗笠，橫吹著笛子，圳溝旁、草場邊，牛與牧童，田與藍天，一臉悠閒，遙遠的角落，農家煙囪冒著淡白的炊煙。喜歡認字的我，知道不吹笛子的牧童，可以正騎或斜騎在牛背上看書，不看了，可以將書掛在牛角上，看雲，看天。

阿媽卻不許我成爲看牛的孩子，她將「牧童」直接翻譯成「看牛囝仔」(khuànn-gû-gín-á)，說我是秀才的後代，要好好讀書，不能成爲「看牛囝仔」。

明明老家三合院有一間「牛牢」(gû-tiâu)，我們養過牛啊！我問阿媽：牛牢間的牛呢？

她說，當初分家時，我們二房留守舊家園，大伯公與三叔公遷到村子的南邊另建兩座三合院，三叔公家男丁多，所以牛跟著他們過去了！

人是到村子的南邊，分家時分的田猶然留在我們家西側內湖底，我想五伯牽引的那條牛，應該就是住在牛牢間那頭牛或者那頭牛的後代，他總是牽著那頭牛回到內湖犁田，犁自己的田，也爲別人的田土翻新，他左手拉著牛索，要牠快、要牠慢、要牠踅頭、轉彎，全靠著左手一拉、一頓，更多的時候要協助右手扶犁、駛犁，要讓犁深入堅硬的田土裡，翻出新的生機。人牛都累、都喘的時候，才會短暫休息，他先將牛繫在巷尾的樹頭上，餵牛吃草、喝水，然後走到我們家聊天，喝松柏坑的茶。阿媽這一說，對於那頭牛，我忽然有了東牽西引的繫掛，好像牠也是我們家的親情五十。有幾次，我還趁著五伯在客廳喝茶的空檔，跑去樹下幫牠趕蒼蠅，牠用尾巴甩，我用帶葉的樹枝拍。彼當時，雖然沒有牧童的怡然，但是卻有飼牛囝仔的舒爽。

黃昏的時候五伯也可能進到他說的「舊厝」——我們正在住居的三合院，寄存一些笨重的農具，不用來回背負。最笨重的應該是「割耙」(kuah-pē) 和「碌碡」(lak-tak)，他們的造型相近，左右長度約兩公尺、前後寬度一公尺的實木農具，相當於今日總經理大辦公桌的桌面，割耙呈「口」字長方型，碌碡中間多一橫，呈「曰」字長方型，大而重，幾乎超過一具獨木舟，扛著割耙村南村北走一回，人生的負擔又多了一些重量！

那一年我十歲了，體重達到三十公斤，看著五伯扛起那具割耙，小心翼翼，閃躲著前後木板上的鐵齒，我不自覺也小心翼翼跟著五伯到田裡。那木板上的割耙齒，是尖銳的鐵片，前排釘裝八片，後排七片利耙，人踩著割耙的重力，可以讓鐵片劃開堅實的土塊，牛拉著割耙前進，十分吃力，來回縱橫兩三次，才有可能把犁翻的田、曬過七天陽光變硬的土，切割成碎塊，所以，我唯恐那尖銳的割耙齒傷到五伯，全神貫注跟著全神貫注的五伯。

「你怎麼在這裡？」放下割耙，五伯才發現我的存在。

「我來看牛。」我眞的是來看牛。

五伯把牛軛調整好，放置在牛的肩膀上，左右兩根粗繩緊緊繫綁在割耙前面那根橫木頭，他自己一跨，右腳跨上割耙前橋，左腳穩踏後面的木枋，這橋板下就是刀一樣的鐵片。隨後一聲吆喝，牛埋頭起行，人在割耙上起伏搖晃，顚顚簸簸，彷若陸上行舟，卻充滿了御風而行的暢快感。我在田的這頭，心裡喊著：「我也要，我也要。」

「你怎麼還在這裡？」割耙上的五伯吃力地踏著割耙橋，抬頭瞧見我還站在原地。

「我也要踏割耙。」我眞的想要隨割耙起伏搖晃。

那一年我已有三十公斤了，五伯頓了一下牛繩，喊了一聲上聲的「ㄚˇ——」，我們家的牛停了下來，五伯牽著我上了割耙，他又頓了頓牛繩，喊了一聲去聲的

「ㄏㄚˋ——」，牛就動身前行——牛一動身前行，顛簸緊跟著顛簸，一路起伏搖晃，那割耙從未想過要善待一個十歲小孩，被切割的田土無暇顧及一個十歲小孩的首次農耕之旅，我必須在一秒之間學會平衡，學會適應前後踏板無法預期的、永遠不規則的弧度，學會迎接不平整的土塊無心的撞擊，有時五伯出手扶持我，有時我緊抓著他不甚牢靠的衣褲——後來我知道，任何人抓緊的當下都不甚牢靠，而且極不浪漫。

但是，挺立在割耙之上那當時，頗有「人」立在天地間的感覺。

「好玩嗎？」

「很辛苦。」「牛應該更辛苦吧！」

回家時，我沒提這一段顛簸的行程，因爲五伯說一個禮拜後的拍磟碡（phah lak-tak）更有趣。如果阿媽知道我冒了這個險，肯定會阻止我接近牛、接近磟碡。「阿浪（lōng）啊，你都不通予阿順偎牛甚近。」阿媽一定會再三如是吩咐五伯，五伯的名字很好聽：滄浪。滄浪之水清兮，可以濯吾纓；滄浪之水濁兮，可以濯吾足。這是長大以後才懂的。當時只知道，五伯阿浪，不知全名滄浪。

當時只認識磟碡實物，發音「lak-tak」，不知如何書寫。

磟碡，有人寫作「碌碡」，國語發音爲「ㄌㄨˋ ㄉㄨˊ」，但臺語比較好聽「lak-tak」，有一種旋律美，好像模擬葉片轉動、拍打軟泥的聲音，會讓我想起雅樂八音團裡一種擊打樂器，鼓棒擊打在硬木梆如和尚敲擊木魚，以「lak-tak」爲聲，好像也以「lak-tak」爲名。

磟碡，外型與割耙相近，但在長條的兩塊木板之間，多增了一根鑲裝葉片的滾筒，葉片的滾動可以反覆拍打土塊，讓土塊更細、更碎、更軟，甚至於把雜草壓進土裡。因爲「踏割耙」後的農田，大土塊是被切細了，但土性仍屬堅硬，不能播種，需要引圳溝的水進來，花幾天的時間泡軟土塊，再以磟碡拍打爲塗泥，以大根的「槪」槪平，才是適合插秧的秧田。

一週後，農田的土泡軟了，浸在薄薄的水中，名副其實的一片水田，當然會有唐詩漠漠水田飛白鷺的景象，拍磟碡（phah lak-tak）時白鷺鷥會隨在牛的後面、人的後面、磟碡的後面，尋找食物，大片灰色的農田與牛隻，泛光的水，飛舞著幾隻白鷺鷥，那場景就是迷人。

踩著軟泥，感覺腳底還有雜草、土塊，我隨在五伯身後上了碌碡，剛剛站穩，五伯一聲「ㄏㄚˋ——」，牛開始邁步，我一晃身，立馬穩住自己，水田上薄薄一層水，泥土比前次更細緻了，舟行水上，滑溜而平穩，偶爾有些起伏，屬於風力五級以下，浪紋微波的舒適狀態，牛仍然在賣力，人可以微笑，這是很多年以後流行的海濱衝浪、街頭滑板嗎？只是胯下的扇形葉片輪番拍擊泥水、田土、雜草，噴濺的水花沒有花的美麗和香氣，兩隻腳、短褲截、汗衫都是汙泥。這一次可要費一番功夫才能洗淨，好在六月天，日頭炎炎，跑幾趟行人少的圳溝邊就乾了，喘的氣還比牛拉一趟碌碡還清和哩！

站在圳溝邊，五伯和我們家那頭牛已經走了，只留下一個好大的「田」字在田裡，「口」字裡的「十」，縱橫交錯，憨憨重複寫了好幾回，那是牛和我們合寫的字，天之下沒有那麼大的橡皮擦可以塗抹這份記憶！

二〇二一年一月十四日　小寒過後大寒未至

——選自《心靈低眉那一刻》（九歌，二〇二二年）

晨星文學館070

# 八卦山麓有人家

作　　者｜蕭　蕭
主　　編｜徐惠雅
校　　對｜蕭　蕭、楊嘉殷、徐惠雅、曾一鋒
美術編輯｜張芷瑄

創 辦 人｜陳銘民
發 行 所｜晨星出版有限公司
407台中市西屯區工業區三十路1號1樓
TEL：04-23595820　FAX：04-23550581
Email：service@morningstar.com.tw
http://www.morningstar.com.tw
行政院新聞局局版台業字第2500號
法律顧問｜陳思成律師
初　　版｜西元2024年07月01日

讀者專線｜TEL：02-23672044／04-23595819#212
FAX：02-23635741／04-23595493
E-mail: service@morningstar.com.tw
網路書店｜http://www.morningstar.com.tw
郵政劃撥｜15060393（知己圖書股份有限公司）
印　　刷｜上好印刷股份有限公司

定價　380 元
ISBN 978-626-320-858-2
Published by Morning Star Publishing Inc.
Printed in Taiwan


線上回函

國家圖書館出版品預行編目資料

八卦山麓有人家/蕭蕭著 -- 初版. -- 臺中市：晨星出版有限公司, 2024.07
面；　公分. -- (晨星文學館；70)

ISBN 978-626-320-858-2 (平裝)

863.55　　113007074

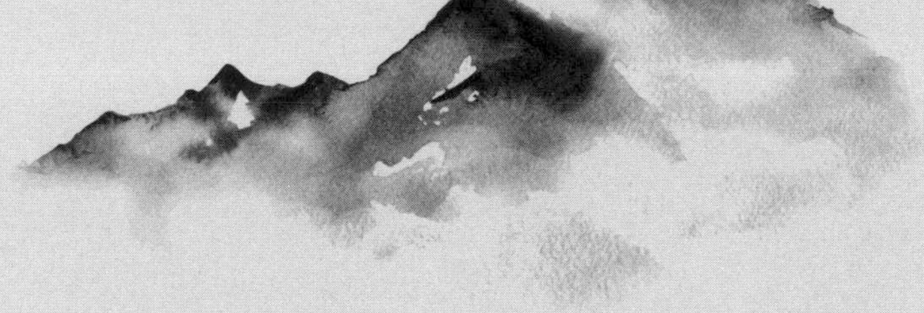